Der falsche Abschluss

Bologneser Geschichten

Georg Gehlhoff

Der falsche Abschluss

Bologneser Geschichten

Georg Gehlhoff:
Der falsche Abschluss. Bologneser Geschichten
Verlag: BoD · Books on Demand GmbH,
Überseering 33, 22297 Hamburg,
bod@bod.de
Druck: Libri Plureos GmbH,
Friedensallee 273, 22763 Hamburg
Dank an meine Schwestern
Coverbild: Die Geschlechtertürme Garisenda
und Asinelli in Bologna © Diana Stypinski
(2019)
Satz: Georg Gehlhoff
Umschlaggestaltung: Jan-Gunnar Franke

ISBN: 978-3-8192-9919-3
Erstauflage: April 2024

Bologna per me provinciale Parigi minore

Bologna ist für mich das kleine Paris der Provinz

Aus *Bologna* (1981) des Liedermachers
Francesco Guccini

Der falsche Abschluss

Das Tagebuch von Mathias Felden

Düsseldorf, 5. Mai 1982

Meine Abiturnote reicht nicht für den Numerus Clausus im Studienfach Medizin. Vater ist enttäuscht. Es ist nicht seine Art, jemanden direkt zu kritisieren. Ich merke jedoch an seiner Art, an seinen Blicken, meine Hochschulreife erfüllt nicht seine Erwartungen. Mutter hat mir vor Jahren gesagt, Vater sähe es gern, wenn ich eines Tages seine Praxis übernähme. Obwohl ich lieber andere Leistungskurse gewählt hätte, hatte ich mich deshalb für Biologie und Chemie entschieden und hatte ja auch Spaß daran die letzten drei Jahre. Tief in mir drin denke ich sogar, ich will ein weltberühmter Arzt wie Albert Schweitzer oder Christiaan Barnard werden. Von solchen Überlegungen erzähle ich niemandem.

Vater ist ein kalter Mensch. In meiner Pubertät habe ich ihn deshalb zutiefst verachtet und tue es teilweise immer noch. Wenn er abends nach Hause kommt, berichtet er von den Krankheiten seiner Patienten, die Patienten selbst nimmt er nicht wahr. Mutter hört zu und fragt nach. Auch sie hat Medizin studiert, den Beruf aber nie ausgeübt, womit sie sich selbst, glaube ich, keinen Gefallen getan hat. Mutter

sagt ansonsten wenig. Sie hat sich in eine Schale ver-
krochen, aus der sie nicht mehr herauskommt.
Manchmal sendet sie giftige Pfeile aus: Vor kurzem
hat sie mich als unsicheren Kantonisten bezeichnet.

Düsseldorf, 15. September 1982

Bei der Studienberatung hat mir die Beraterin erklärt, Sie können auch im Ausland Ihr Wunschfach
studieren. In Bologna gibt es eine gute medizinische
Fakultät und keine Zulassungsbeschränkungen. Sie
müssten natürlich Italienisch lernen. Bologna?! Ich
weiß nicht. Die Stadt sagt mir nichts. Wenn ich
schon in Italien studieren sollte, würde mich Rom
mehr reizen. Mein bester Freund Sebastian hat dort
letzten Sommer einige Wochen verbracht und von
der großartigen Atmosphäre in dieser Stadt ge-
schwärmt.

Düsseldorf, 17. September 1982

Ich habe mich für einen Intensivkurs am Italienischen Kulturinstitut in Köln eingeschrieben. Mit Italien habe ich bisher kaum zu tun gehabt. *Buon gi-
orno, buona sera.* Viel mehr kann ich nicht. Ab Montag habe ich jeden Tag vier Stunden Unterricht. Hoffentlich gibt es Raucherpausen.

Vater ist nicht begeistert, dass ich in Rom auf die Universität gehen will. Vater denkt jedenfalls, Medizin kann man nur in Deutschland oder in den angelsächsischen Ländern, nicht aber in Italien studieren. Ich finde, er ist ungerecht. Ich tue alles, um mich seinen Wünschen zu fügen, und er legt mir Felsen in den Weg. Ich werde mich trotzdem nicht davon abhalten lassen, nach Italien zu gehen. Mutter ihrerseits hat Angst, wenn ihr Sohn in ein fremdes Land geht. Immerhin sagt sie, du hast ein Faible für Französisch und Latein, also wirst du auch Italienisch lernen.

Düsseldorf, 20. Oktober 1982

Die erste Woche hatte ich große Schwierigkeiten, die italienischen Worte nicht auf Französisch auszusprechen. Die Lehrerin hat mich ständig korrigiert und sich fast über mich lustig gemacht. Ich wollte meine Studienpläne wieder an den Nagel hängen. Die zweite Woche geht etwas besser. Ich fange an, die Eigenständigkeit des Italienischen gegenüber dem Lateinischen oder dem Französischen ein wenig zu begreifen. Die Lehrerin – sie heißt übrigens Francesca, denn wir duzen uns alle im Kurs - ist mir deswegen inzwischen freundlicher gewogen und nennt mich spaßeshalber einen *romanista*. Das Wort hat im Italienischen eine doppelte Bedeutung. Zum einen heißt jemand so, der sich mit romanischen Sprachen auskennt. Zum anderen ist ein *romanista* ein Fan des AS Rom. Francesca ist Römerin und sagt, wenn ich in Rom studieren wolle, müsse ich ein Anhänger dieser Fußballmannschaft sein. Im Übrigen, erklärte unsere Lehrerin stolz, werde der AS Rom in diesem Jahr Landesmeister werden, was ihm seit mehr als vierzig Jahren nicht mehr geglückt sei. Wir haben alle geschmunzelt über diesen uns naiv erscheinenden Lokalpatriotismus.

Düsseldorf, 13. November 1982

In Italien gibt es keine Semester, sondern akademische Jahre. Sie beginnen etwa in dieser Jahreszeit. Mein Italienisch ist noch nicht gut genug, um die Sprachprüfung für ausländische Studenten zu bestehen. Ich muss bis zum Herbst nächsten Jahres warten, bis ich mich in Rom einschreiben kann. Außerdem braucht man in Italien eine Aufenthaltsgenehmigung, die jeweils für ein Jahr verlängert wird. Ich dachte, wir sind in Europa.

Düsseldorf, 18. Februar 1983

Mutter hat eine ehemalige Schulfreundin in Rom, deren italienischer Mann dort als Frauenarzt tätig ist. Mutter hat ihr von meinem Vorhaben erzählt, in

Rom zu studieren, weil sie gedacht hat, ich könnte in der ersten Zeit, bis ich ein Zimmer gefunden hätte, bei ihnen unterkommen. Entweder wollte diese Freundin davon nichts wissen oder es verhält sich tatsächlich so, wie sie sagt. Sie hat jedenfalls gemeint, die medizinische Fakultät in Rom sei ein einziges Chaos und sie rate dringend davon ab, sich dort einzuschreiben. Mutter war geschockt von dieser Aussage und hat mich schon auf dem Weg in die Hölle gesehen, wenn ich nach Rom ginge. Vater hat ebenfalls Erkundigungen eingeholt, die die Angaben von Mutters Freundin weitgehend bestätigt haben. Ich war tief enttäuscht, als meine Eltern mir kundgetan haben, sie würden ein Studium in Rom unter diesen Umständen nicht finanzieren.

Bologna, 28. April 1983

Ich empfinde etwas gemischte Gefühle in dieser Stadt. Das Stadtzentrum ist wegen der vielen Portici, die sich über die Fußgängerwege spannen, eng und dunkel, aber die jungen Menschen auf den Straßen, auf den Piazze sind freundlich und offen. In der Studentenmensa hinter der Piazza Verdi, dem zentralen Platz der Universität, habe ich einen sehr billigen Teller Pasta gegessen, der mehr ein undefinierbarer Brei war. Wenn ich in einer Bar einen Cappuccino bestelle, will der Barista wissen, woher ich komme, und sagt, ich spreche gut Italienisch. Die Italiener sagen das vermutlich jedem, der ein paar Worte ihrer Sprache spricht. Trotzdem höre ich solche Komplimente gern. Ab morgen belege ich einen zweiwöchigen Sprachkurs an der Universität. Die Vorstellung, ich werde bald in dieser fremden Stadt wohnen, ist etwas beklemmend.

zwei Tage später

Heute sieht die Welt ganz anders aus. Vor dem Teatro Comunale an der Piazza Verdi fand ich am Nachmittag einen Stand von Democrazia Proletaria, einer linksextremen Partei. Eine junge Frau sprach mich an, ob ich nicht auch für die Volksabstimmung zu Arbeiterrechten unterschreiben wolle. Ich erwiderte, ich sei *straniero*, Ausländer, und dürfe sicherlich keine Unterschrift leisten. Die junge Frau lächelte und fragte mich nach meinem Namen. Ich sagte mit verlegener Stimme, ich heiße Mathias. Ihr Name ist Simona. Sie ist auch 20 Jahre alt, hat längere, braune Haare und ein schönes Gesicht. Ich fragte sie in meinem gebrochenen Italienisch, ob ich sie zu einem Espresso einladen könne. Sie sagte, sie müsse noch eine Weile am Stand bleiben, da jemand, der sie ablösen sollte, erkrankt sei. Ich wusste nicht, ob sie meine Frage als zudringlich empfunden hat. Es kamen plötzlich viele junge Menschen an den

Stand. Ich hatte das Gefühl, ich sei im Weg, winkte Simona kurz zu und ging. Ich werde sie hoffentlich wiedersehen.

Morgen früh nehme ich den Zug zurück nach München und steige dann in den IC nach Düsseldorf. Ich habe viele Menschen kennen gelernt und mich die allermeiste Zeit wunderbar gefühlt hier in Bologna. Ich weine Rom inzwischen kaum mehr eine Träne hinterher. Als nordischer Mensch wirke ich gegenüber den lockeren Italienern steif. Der Sprachkurslehrer hat mich deswegen manchmal auf die Schippe genommen. Es ist mir nicht leichtgefallen, solche „Gemeinheiten" nur als Spaß anzusehen. Ich habe es dem Lehrer „heimgezahlt", indem ich so viel Italienisch wie möglich gelernt habe. Am letzten Tag des Kurses hat er zu mir gesagt, ich sei *bravissimo*. Wenn ich so weitermachte, könnte ich ihn bald als Lehrer ersetzen. Die ganze Klasse hat gelacht. Ich bin rot angelaufen.

In den letzten zwei Wochen habe ich häufig auf der Piazza Verdi nach Simona Ausschau gehalten. Sehr groß ist diese Piazza nicht. Insgesamt habe ich den Eindruck einer beschaulichen Universität. Die medizinische Fakultät befindet sich in einem faschistischen Gebäude am Ende der via Zamboni. Ich habe ein paar Vorlesungen besucht. Vom Sprachlichen her habe ich das meiste verstanden. Der tiefere Sinn des Vorgetragenen ist mir nicht immer aufgegangen.

Bologna ist nicht größer und nicht viel kleiner als Düsseldorf. Auch das ist eine beruhigende Tatsache für mich. Ich habe mir ein klappriges Fahrrad gekauft und kenne mich hier inzwischen ganz gut aus.

Man teilt sich in Italien ein Zimmer mit ein, zwei weiteren Studenten. Überall findet man Suchanzeigen für einen *postoletto*, einen Bettplatz. Auch daran werde ich mich im Herbst gewöhnen müssen, sofern ich die Sprachprüfung bestehe.

Wenn mich die Menschen fragen, wie es mir hier geht, antworte ich, wie in den fünfziger Jahren. Das hören sie nicht gerne, denn Bologna wird von der KPI regiert und sieht sich als progressive Stadt. An einer Wand des Rathauses auf der Piazza Nettuno sind lauter Fotos ermordeter Partisanen aus dem Zweiten Weltkrieg angebracht. Das wirkt etwas aus der Zeit gefallen, doch das sage ich nicht laut.

Eine Sache will ich noch anfügen: Nach dem heutigen Spieltag der Serie A steht der AS Rom tatsächlich als nationaler Fußballmeister fest. Ich freue mich sehr für unsere Lehrerin Francesca. Es hat mir Spaß gemacht, heute Nachmittag in der Bar, in der ich den letzten Espresso des Tages trank, die Bilder der feiernden Fans in der italienischen Hauptstadt auf dem Fernsehbildschirm anzuschauen. Natürlich haben diese Szenen meine Sehnsucht nach Rom erneut entfacht, aber auch Bologna hat einen Reiz, dem ich mehr und mehr erliege, weil es wie Düsseldorf *a misura d'uomo* ist, wie die Italiener sagen, was man mit im menschlichen Maßstab übersetzen kann.

Bologna, 15. Juli 1983

Heute war die Sprachprüfung für ausländische Studenten. Sie war zum Glück nicht schwierig. Wir bekommen das Ergebnis erst in zwei Monaten mitgeteilt. Ich bin zuversichtlich, die Prüfung bestanden zu haben. Morgen fahre ich nach Ravenna. Die byzantinischen Mosaiken dort sollen sehr schön sein. Dann geht es weiter nach Florenz, Siena und Rom. Wenn Simona mir das alles zeigen und erklären könnte, wäre ich glücklich. Sie ist wie vom Erdboden verschwunden.

Rom, 25. Juli 1983

Rom ist eine faszinierende Stadt und so voller kultureller Reichtümer, dass zehn Leben nicht ausreichten, um alles einmal gesehen zu haben und doch bin ich als Düsseldorfer kein Mensch der Metropole. Rom ist einfach zu groß, zu laut, zu voll, zu chaotisch. Ich würde mich als Student in dieser Stadt verlieren und davor habe ich Angst. Im Zentrum von Rom bin ich stundenlang durch viele kleine Gassen, Straßen und über Plätze gegangen, die immer wieder die herrlichsten Blicke auf wunderbare Palazzi, Kirchen oder schlichte Bürgerhäuser bieten und doch sind gerade die bekannteren Orte furchtbar von Touristen überlaufen. Man fragt sich manchmal, ob es hier überhaupt noch Römer gibt.

Düsseldorf, 20. Oktober 1983

Morgen fahre ich nach Bologna und werde dort studieren. Es wird ein Abenteuer! Simona, ich komme! Die große Friedensdemonstration im Bonner Hofgarten übermorgen verpasse ich. *Tout le monde* wird hingehen, bloß ich nicht.

Bologna, 15. Dezember 1983

Medizin zu studieren bedeutet, viel auswendig lernen zu müssen! Ich fühle mich wie die Gans, deren Hals der Bauer immer weiter vollstopft, damit sie eine dicke Leber bekommt. Ich hätte nicht gedacht, das Studium wäre so anstrengend. Von Simona noch immer keine Spur. Es ist zum Verzweifeln. Ich habe ein paar Freunde gewinnen können, doch es sind oberflächliche Freundschaften. Ich teile ein Zimmer in einem Sträßchen nicht weit von der Piazza Maggiore entfernt mit einem anderen Studenten, Martino, der Agrarwissenschaften studiert und den ganzen Tag nur von Schafen und Kühen spricht. Sein Vater hat einen landwirtschaftlichen Betrieb in der Nähe von Ferrara. Der Sohn soll den Betrieb bald übernehmen. Wir wohnen mit weiteren Studenten bei einem alten Ehepaar. Abends müssen wir sagen, wann wir am Morgen ins Bad wollen. Die alte Frau notiert es sich auf einen Zettel. Wehe, man hält sich nicht daran. Duschen kann man nur zweimal die Woche, sonst ist nur Katzenwäsche möglich. Wenn man öfter duschen möchte, muss man dafür extra bezahlen. Das Ehepaar sitzt abends vor dem Fernseher und schläft bei dem langweiligen Programm regelmäßig ein. Irgendwann in der Nacht wachen sie wieder auf, stellen den lauten Apparat endlich ab und gehen ins Bett.

Eines der ersten Dinge, die ich hier erledigen musste, war zur Polizei zu gehen, um einen *permesso di soggiorno*, eine Aufenthaltsgenehmigung, zu beantragen. Die Atmosphäre im *ufficio stranieri*, der Ausländerbehörde, war stickig und beklemmend. Der Polizist, der meinen Antrag entgegennahm, vermittelte mir den Eindruck, er halte mich für einen Eindringling, den man bei erstbester Gelegenheit wieder loswerden wolle. Er schärfte mir ein, ich müsse pro Jahr mindestens drei Prüfungen an der

Universität bestehen. Sonst werde mein *permesso* nicht verlängert und ich müsse das Land verlassen, auch wenn ich das Studium noch nicht beendet hätte. Wenn ich außerdem die Aufenthaltsgenehmigung bei einer Kontrolle nicht dabeihätte, würde ich womöglich ebenfalls des Landes verwiesen. Ich fühlte mich wie ein Verbrecher, den man nach zehn Jahren aus der Haft entlässt und von dem man glaubt, er wird bald wieder rückfällig. Ich habe in Deutschland nie mit der Polizei zu tun gehabt, aber ich kann mir vorstellen, als Ausländer wird man in meiner Heimat ähnlich behandelt.

Vor etwa zwei Wochen bin ich durch die via Zamboni gegangen und hatte an drei, vier Stellen Flugblätter von Vertretern irgendwelcher radikaler Gruppierungen entgegengenommen. Ich hatte die Flugblätter in meine Umhängetasche gesteckt und sie längst vergessen, als ich am Nachmittag zum Bahnhof ging, um mir die Süddeutsche Zeitung zu kaufen, die ich manchmal lese, um nicht ganz den Kontakt zu Deutschland zu verlieren. Ich schlenderte zunächst etwas ziellos durch die Bahnhofsvorhalle. Das muss die Aufmerksamkeit eines Polizisten erregt haben, der mich anhielt. Er forderte mich auf, ins Büro der Bahnhofspolizei mitzukommen. Ich musste den Inhalt meiner Umhängetasche und meiner Hosentaschen ausleeren. Seine Aufmerksamkeit erregten die Flugblätter und ein kleines Taschenmesser, das ich zum Dosenöffnen, Korkenziehen oder was weiß ich seit Jahren immer mit mir herumtrage. Der Polizist telefonierte mit der *questura*. Die gab offenbar Entwarnung. Der Polizist meinte zu mir, wenn er mich nochmal mit einem Messer erwische, schicke er mich direkt zur Ausländerpolizei. Ich muss zu seiner Verteidigung anfügen, Neofaschisten haben im August vor drei Jahren den Wartesaal des Bahnhofs in die Luft gesprengt. Es gab 83 Tote.

Düsseldorf, 27. Dezember 1983

Im EC nach München ist mir etwas sehr Unangenehmes passiert. Auf dem Weg zum Brenner klagte eine ältere Frau neben mir plötzlich über Unwohlsein. Sie verstand kein Deutsch. Ich versuchte auf Italienisch herauszufinden, was ihr fehle. Ihr Puls war etwas unregelmäßig. Trotzdem bildete ich mir ein, ich müsse sie einfach ein wenig trösten, ihre Hand streicheln und es werde ihr besser gehen. So verging einige Zeit. Wir waren fast auf dem Brenner. Ihr Zustand hatte sich verschlechtert. Ein anderer Zugreisender machte schließlich einen wirklichen Arzt ausfindig. Dieser untersuchte die alte Frau, die inzwischen sichtbar nach Atem rang. Er stellte eine Herzschwäche fest, die durch die Höhenluft akut geworden sei. Der Arzt meinte, wieso man ihn nicht gleich gerufen habe. Betreten murmelte ich eine Entschuldigung. Ich hatte versagt und schämte mich bis auf die Knochen. Als wir unten in Innsbruck angekommen waren, ging es der Frau deutlich besser. Sie bestand darauf, die Reise fortzusetzen. Weihnachten wolle sie unbedingt bei ihrem Sohn und dessen Familie in Stuttgart und nicht im Krankenhaus verbringen.

Den Eltern habe ich von dieser Episode nichts erzählt. Mutter meinte aber, ich sähe blass aus. Sie schien besorgt, das Studium in Bologna sei vielleicht eine Nummer zu groß für mich. Die Feiertage habe ich in bedrückter Laune verbracht. Langsam geht es etwas besser, auch weil Mutter und Vater mich wunderbar bekochen. Für ein paar Wochen muss ich nicht mehr diesen grässlichen Mensafraß essen. Eigentlich müsste ich in den Ferien viel lernen, aber ich lese erstmal den neuen Roman von Italo Calvino, *Wenn ein Reisender in einer Winternacht…*, der gerade auf Deutsch erschienen ist und den Mutter mir zum Fest geschenkt hat. Der spielerische Ton dieses leichten Buches beruhigt mich. Wenn ich den Eltern nur die Wahrheit sagen könnte, das Studium geht über meine Kräfte. Eine Stimme in meinem Inneren sagt mir aber weiterhin, ich muss ein weltberühmter Arzt werden. Manchmal komme ich mir fürchterlich brav vor, dass ich immer nur in Gedanken gegen Vater rebelliere, aber kein Mensch macht sich eine

Vorstellung davon, welche Ängste ich in dieser Hinsicht auszustehen habe. Und darf ich die Hand beißen, deren Brot ich esse? Ich bin ein ganz schöner Feigling.

Bologna, 17. März 1984

Trotz allem bin ich erholt aus Deutschland zurückgekehrt. Vielleicht komme ich langsam besser klar mit dieser enormen Fülle an Wissen, das ich mir aneignen soll. Wenn das akademische Jahr vorbei ist, sind zu Sommeranfang die mündlichen *esami*, Prüfungen, zu bestehen. Schriftliche Klausuren sind hier unüblich.

Heute Abend denke ich jedoch nicht ans Lernen und gehe zu einer Versammlung der Ortsgruppe von Democrazia Proletaria in die via San Carlo. Es ist meine letzte Hoffnung, Simona wiederzusehen, nachdem ich auch in diesem neuen Jahr an tausend Ecken nach ihr Ausschau gehalten habe. Vater hat davor gewarnt, mich in einem fremden Land in die Politik einzumischen. Das könne unangenehme Folgen für mich haben und gehöre sich einfach nicht für einen Ausländer. Dass ich mich traue, heute Abend zu dieser Versammlung zu gehen und mich damit den Prinzipien meines Vaters zu widersetzen, zeigt, wie sehr ich bis über beide Ohren in Simona verliebt bin.

Freitag vor einer Woche war ich bei der Versammlung von Democrazia Proletaria oder dipì, wie der Parteiname abgekürzt ausgesprochen wird. In dem kahlen, etwas kühlen Raum hatte man mehrere Bänke aufgestellt. Nach und nach kamen immer mehr Menschen, meist Studenten wie ich. Als die Versammlung mit einer halben Stunde Verspätung begann und Simona nicht erschienen war, war ich furchtbar enttäuscht. An der Decke hing nur eine schwache Glühbirne und die Luft wurde bald stickig. Der Ortsvorsitzende Marco Pezzi, der einen Respekt einflößenden Marx-Bart hat und einen älteren, abgenutzten Pullover trug, bat um Ruhe. Er saß als einziger hinter einem Schreibtisch und sprach von dem sogenannten *Accordo di San Valentino*, einer Vereinbarung der Regierung des Sozialisten Bettino Craxi mit Arbeitgebern und den Gewerkschaften, außer der kommunistischen CGIL, zur Reduzierung der hohen Inflation. Diese Vereinbarung sei ein Trick, um die sogenannte *scala mobile* auszuhebeln, also den seit vielen Jahren bestehenden automatischen Inflationsausgleich für die Arbeitnehmer. Deshalb rufe auch dipì zu einer großen Demonstration am Samstag, den 24. März in Rom auf. Es werde am Samstag in aller Frühe einen Sonderzug von Bologna in die Hauptstadt geben und wer mitkommen wolle, solle jetzt bitte die Hand heben, sagte Marco mit rauchiger Stimme. Ich hatte seinem Vortrag mit starkem Interesse zugehört und nicht gemerkt, dass eine junge Frau sich noch zwischen mich und meinen Sitznachbarn gezwängt hatte. Jetzt meldete sich die junge Frau als eine der ersten für die Teilnahme an der Demonstration. Ich erkannte ihre Stimme wieder.

Es war noch dunkel, als wir am 24. März, also gestern, am Hauptbahnhof in den schon älteren Zug stiegen. Ich freute mich ungemein auf das Wiedersehen mit Rom und noch mehr, dass ich die Stadt diesmal mit Simona erleben würde, wie ich es mir schon beim ersten Besuch gewünscht hatte. Unsere Gruppe besetzte vier Abteile. Es herrschte eine ausgelassene Stimmung. Wir wollten es Craxi zeigen. Simona trug eine ausgewaschene Jeansjacke, die sie sich von ihrer Cousine geliehen hatte und in der sie meinen Mitschülerinnen in Düsseldorf ähnelte. Vielleicht habe ich auch Heimweh nach Deutschland. Simona hatte ihren Bruder Carlo mitgebracht, der etwa drei Jahre jünger ist als sie und noch zur Schule geht. Wir verstanden uns auf Anhieb. Er hat schwarze Haare und ein zartes Gesicht. Gleichzeitig kann er recht spöttisch blicken. Marco Pezzi, der Chef von dipì in Bologna, war natürlich auch dabei. Er saß meist etwas abseits von uns, unterhielt sich viel mit anderen, schon länger aktiven Parteimitgliedern und mit einer etwas jüngeren Frau, die ihm gelegentlich liebevoll über seinen dicken Bauch strich. Ansonsten rauchte und hustete er viel. Marco machte durchaus Eindruck auf mich. Ich habe vielleicht noch nie einen politischen Führer live erlebt, aber Marco hat eine Aura um sich, als ob er ein besonderer Mensch sei, vor dem man Ehrfurcht empfindet. Ich überlegte sogar schon, ob ich Mitglied bei dipì werden sollte, aber das pseudorevolutionäre Gerede, das in unseren Abteilen geführt wurde, ging mir wiederum auf den Geist. Ein junger Vollbärtiger sagte mir, Italien müsse besser heute als morgen aus der Nato austreten. Das halte ich für Schwachsinn, aber hier empfindet man die Bedrohung durch die Sowjetunion wohl weniger stark als bei uns. Ein anderer verkündete, wenn dipì bei den nächsten Wahlen zwölf Prozent der Stimmen erhalte, werde man nach der Macht greifen, was ich eine dreiste Anmaßung fand. (Im Moment hat die Partei etwa 2 Prozent der Stimmen.) Obwohl ich ein politisch interessierter Mensch bin und mich durchaus links fühle, merkte ich, mich in einer Partei zu engagieren, würde einen Zusammenstoß mit der Realität bedeuten, wie ich ihn sonst eher zu meiden suche. Die gestrigen Zugdiskussionen haben mich also weniger Blut lecken lassen, als dass sie mich verschreckt haben. Ich bin und bleibe eben ein Angsthase. Andererseits denke ich, wenn ich mich tatsächlich in eine solche Erfahrung wie ein aktives Mitwirken in einer

Partei stürzen sollte, könnte ich mich eher von meinem großen Übervater lösen. Einen wirklichen Ausbruch aus meinem engen, aber bequemen Nest kann ich mir jedoch kaum vorstellen.

Gegen zehn kamen wir in Rom an der Stazione Tiburtina an. Ein Strom von Menschen ergoss sich über die Straßen der Stadt. Es war bewegend, mit so vielen anderen für eine gemeinsame Sache hier zu sein. Überall wehten Transparente, Fahnen der KPI oder anderer Parteien oder Gewerkschaften oder sonstiger Gruppierungen. Es wurden lauter freche und teils obszöne Sprüche gegen die Regierung und besonders den arroganten Ministerpräsidenten Craxi gerufen. Ich fühlte mich jetzt wohl und geborgen in dieser Menge. Fast wie ein Italiener. Das Ganze hatte etwas Spielerisches an sich und war eine sanftere Begegnung mit der Wirklichkeit, als es die Diskussionen im Zug gewesen waren. Es war eine gewaltige, aber friedliche Demonstration, die meinen Lebensgeistern einen noch selten empfundenen Auftrieb gaben.

Rom scheint ein Faible für große Feiern und Demonstrationen zu haben. An mehreren Stellen sah ich noch immer gelbrot gestrichene Mauerteile, die mir schon letzten Sommer aufgefallen waren. Es sind Überbleibsel der großen Volksfeier zum Gewinn der nationalen Fußballmeisterschaft durch den AS Rom im vergangenen Mai. Ein Hauch dieses gewaltigen Spektakels, von dem ich ja nur den medialen Abklatsch im Fernsehen mitbekommen habe, weht noch immer durch die Stadt.

Simona, Carlo, ich und die anderen blieben eng beisammen. Als wir an einer Stelle den Anschluss an den Demonstrationszug zu verlieren drohten, ergriff Simona meine Hand und mit der anderen die Hand ihres Bruders und wir rannten alle laut rufend los. Wir mussten wie die Hühner lachen, weil wir so einen Spaß hatten. Etwas außer Atem kamen wir bei den Demonstranten vor uns wieder zum Stehen und klatschten vor Begeisterung in die Hände. Ich nahm all meinen Mut zusammen, drehte mich zu Simona um, ergriff ihre Hände und schaute ihr direkt in die Augen. Im nächsten Moment küssten wir uns. Strahlend und gleichzeitig erbost meinte sie, wo bist du eigentlich die ganze Zeit gewesen? Ich dachte, du seist nach Deutschland zurückgekehrt und hättest dir längst *una bella bionda* geangelt. Wo bist *du* gewesen, gab ich zurück, aber wir lachten beide lauthals und freuten uns einfach. Wir umarmten uns und küssten uns.

Bologna, 23. Oktober 1988

Über vier Jahre habe ich kein Tagebuch mehr geschrieben, doch ich bin immer noch hier. Simona und ich teilen uns seit vier Jahren ein Zimmer; in dem anderen Zimmer wohnen Carlo und dessen Freundin, die beide Jura studieren. Simona hat ihr Biologiestudium vor wenigen Wochen beendet. Ich werde wohl im März meinen Abschluss machen.

Mit Simonas und Carlos Eltern verstehe ich mich sehr gut. Sie wohnen in einem schönen Haus auf den Colli, also den Hügeln südlich von Bologna. Es ist ein altes Bauernhaus und oft träumen Simona und ich davon, irgendwo in Mittelitalien auch so ein Haus auf dem Lande zu besitzen und dort mit unseren Kindern unsere Urlaube zu verbringen. Die Familie Fracchi ist mir zu einer zweiten Familie geworden, in der ich eine Herzlichkeit und Wärme erlebe, wie ich sie in meiner eigenen Familie nie kennen gelernt habe. Am Wochenende laden uns meine Schwiegereltern oft zum Essen ein.

Ich habe inzwischen all meine Prüfungen abgelegt, darunter auch eine in Geschichte der Medizin. Der Lehrstuhlinhaber, der hier in der medizinischen Fakultät nur ein kleines Büro besitzt, ist Kettenraucher und hat tiefe, braune Augen, die viele Studentinnen und auch mich immer wieder betören. Ich verstehe mich gut mit ihm. Er ist einer der wenigen, denen ich noch vertraue. Bei ihm schreibe ich gerade meine *tesi di laurea*, also meine Abschlussarbeit, über die Geschichte des Gesundheitswesens in Bologna während des Zweiten Weltkriegs. Wie Vater bei seiner Doktorarbeit habe ich ein gesundheitspolitisches Thema gewählt, zu dem es in meinem Fall kaum Voruntersuchungen gibt. Auch die Quellenlage ist durch die Kriegsverluste nur lückenhaft. Ich verzweifle also ein bisschen an dieser Arbeit. Simona, die in den letzten Jahren immer wieder meine Sanftheit und Aufgeschlossenheit für andere Menschen betont hat, meint, ich hätte mich durch diese Recherche zu einem anderen, knurrigen Menschen entwickelt. Ich persönlich finde, *I am my usual self*, außer dass ich mir eine Zukunft in Italien kaum mehr vorstellen mag. Das Leben ist hier oft anstrengend, weil vieles sehr, sehr bürokratisch ist. Ich habe außerdem einen Horror vor dem *ufficio stranieri*, der Ausländerpolizei, entwickelt. Es ist jedes Jahr eine Qual, wenn ich meinen *permesso di soggiorno* erneuern muss, aber auch schon als Kind habe ich vor der deutschen Polizei große Angst gehabt. Ich trage den Aufenthaltstitel immer im Reisepass in meiner hinteren Hosentasche. Der Pass ist ganz zerfleddert und einzelne Seiten lockern sich.

Wenn ich hier in Italien bliebe, könne ich bei der Kirschernte in der Poebene arbeiten, hat Simona neulich zu mir gesagt, weil direkt nach dem Studium keine Aussicht auf eine bessere Stelle bestehe. Allein bei der Vorstellung, auf einen 8 bis 10 Meter hohen Baum klettern zu sollen, wird mir ganz schwindelig.

Vater sagt, wenn du dich in Italien für eine Stelle bewirbst, wird man dir immer einen italienischen Kandidaten vorziehen. Ich will nicht sagen, Deutschland erscheint mir als die bessere Alternative, aber ich bin doch mit meinem Heimatland mehr verbunden als mit Italien. Simona ihrerseits hängt sehr an ihrer Heimatstadt Bologna. Sie ist noch nie länger im Ausland gewesen. Die beiden Male, als wir zusammen zu meinen Eltern nach Düsseldorf gefahren sind, hat besonders Mutter Simona sehr kühl behandelt. Zu mir hat Mutter gesagt, Simona wird nie auf Dauer mit dir nach Deutschland ziehen. Dazu ist sie viel zu sehr mit ihrer Heimat verbunden. Das war der giftigste Pfeil, den Mutter je gegen mich losgelassen hat.

Bologna, 17. März 1989

Heute ist etwas Unfassbares passiert. Ich habe von der Universität einen falschen Studienabschluss erhalten!

Es war ein eigentlich freundlicher Morgen. Ich befand mich auf dem Weg zur Universität, um meine *tesi di laurea* zu diskutieren, die ich in den letzten Wochen mit Ach und Krach fertiggestellt habe. Ich war vor der Fakultät angelangt, ging einige Treppen hoch, öffnete eine große Tür, ging durch mehrere Korridore und gelangte schließlich zu dem Zimmer, in dem die Prüfung stattfinden sollte. Ich betrat den Raum und begrüßte meinen Professor und auch die anderen Kommissionsmitglieder und setzte mich an einen kleinen Tisch vor dem Kommissionstisch. Mein Professor stellte mir neben mehreren Fachfragen auch einige allgemeine Fragen, was ich nach meinem Studienabschluss zu tun gedächte, ob ich nach Deutschland zurückkehren oder mir hier in Italien eine Existenz aufbauen wolle. Nach einer knappen halben Stunde war die Prüfung beendet. Man gratulierte mir bzw. mein Professor ließ es sich nicht nehmen, mich zu umarmen. Simona hatte im letzten Moment ihre Anwesenheit bei der Prüfung abgesagt, da sie sich von einigen Verwandten verabschieden muss, bevor wir morgen nach Deutschland abfahren.

Am Nachmittag holte ich ein provisorisches Abschlusszertifikat ab, das ich in Deutschland als Studiennachweis einreichen will, um mein Medizinstudium anerkennen zu lassen. Ich setzte mich in eine Bar und bestellte einen Cappuccino. Genüsslich zog ich das Zertifikat hervor. Trotz allem war ich stolz, es geschafft zu haben, mein Studium abzuschließen. Ich las auf dem Zertifikat *Facoltà di Lettere e Filosofia*, Humanistische Fakultät. Was hatte ich mit der *Facoltà di Lettere* zu tun? Hatte man mir den Studiennachweis eines anderen Studenten gegeben? Nein, dort stand mein Name, Mathias Felden, geboren am 24. März 1963 in Düsseldorf. Das Zertifikat war auf den 17. März 1989 ausgestellt und dort stand, ich hätte einen Abschluss in Zeitgeschichte erlangt. Darunter waren auch die einzelnen Prüfungen angegeben, die ich angeblich abgelegt hatte. Ich konnte es nicht fassen, so eine Schlamperei. Ich ließ meinen Cappuccino stehen und ging zurück zur Universität. Das Zertifikationsbüro hatte bereits geschlossen. Es macht erst am Montag wieder auf. Was sollte ich tun? Morgen fährt unser Zug und ich hatte den falschen Studienabschluss in der Tasche. Dabei sind sämtliche Koffer und Kisten bereits gepackt. Und auf unser Zimmer, das morgen früh besenrein übergeben werden muss, warten bereits zwei neue Studenten. Ich wusste weder ein noch aus.

Ich beschloss, nach Hause zu gehen und mit Simona zu sprechen, die inzwischen von ihrem Verwandtenbesuch zurückgekehrt sein würde. Vielleicht wusste sie einen Ausweg aus dieser unglaublichen Situation. Im Moment sind wir allein in der Wohnung, denn Simonas Bruder Carlo ist nach Frankfurt gefahren, um einen einmonatigen Deutschkurs zu belegen. Seine Freundin hingegen lernt bei ihrer Familie in Süditalien für eine Prüfung. Ich war nervös, als ich auf mein Fahrrad stieg und zu unserer Wohnung radelte. Simona, die tatsächlich schon da war, empfing mich mit einem breiten, siegessicheren Lächeln. Doch als sie mein bestürztes Gesicht sah, fragte sie, was ist denn los mit dir? Sie hörte sich meine Geschichte an und schien zutiefst erschrocken. Eine solche Situation habe sie noch nicht erlebt, sagte sie. Sie versuchte, mich zu trösten, aber es dauerte nicht lang und ich bekam den Eindruck, meine verzweifelte Lage sei ihr egal. Wir stritten uns so heftig, bis Simona schließlich erklärte, unter diesen Umständen komme sie nicht mit nach Deutschland. Ich solle doch sehen, wie ich alleine zurechtkäme. Ich sei nicht mehr der, mit dem sie vier Jahre zusammengelebt habe. Damit nahm sie ihre wenigen Sachen und verließ die Wohnung.

Ich machte mir eine Flasche Wein auf, setzte mich auf die Bettkante und trank direkt aus der Flasche. Es war mir alles egal. Ich steckte hier in Bologna mit einem falschen Studienabschluss fest. Mein Leben war versaut, meine ganze Zukunft dahin. Vermutlich handelte es sich einfach um einen unglaublichen Computerfehler. Dass man eine bürokratische Intrige gegen mich gesponnen hat, wollte ich nicht glauben. Mir war klar, ich brauchte Zeit, um die Angelegenheit zu klären, und konnte unmöglich morgen nach Deutschland fahren. Obwohl ich angetrunken war, schaffte ich es noch, zu dem Vermieter zu gehen, der ein paar Häuser weiter wohnt, und ihn zu fragen, ob die beiden neuen Studenten vielleicht etwas später einziehen könnten. Er rief eine Nummer an und sagte dann, er könne mir maximal eine

Woche gewähren. Er verlangte dafür eine ganze Monatsmiete, weil ich ihm viel Umstände bereitete. Ich willigte ein. Danach versuchte ich, bei meinen Eltern anzurufen, aber sie waren nicht zuhause. Wir haben in der Wohnung keinen eigenen Telefonanschluss und ich muss zum Telefonieren immer in die Bar gegenüber gehen.

Jetzt sitze ich auf meinem Bett und habe versucht, den heutigen Tag zu resümieren. Die Weinflasche auf meinem Nachttisch ist leer. Ich werde versuchen zu schlafen. Dass Simona meine Lage nicht verstehen will und mich in Stich gelassen hat, setzt mir zu. Ich hätte nie gedacht, sie könnte mich verraten.

Bologna, 18. März 1989

Gestern Nacht hatte ich, weil mein altes Tagebuch vollgeschrieben war, ein neues in die Hand genommen, das Simona mir für teures Geld zu Weihnachten geschenkt hat. Sie ist der Meinung, es tue mir gut, diese alte Gewohnheit wieder aufzugreifen. Das Tagebuch stammt von einem Buchbinder in der via San Carlo, wo auch die Ortsgruppe von Democrazia Proletaria ihr Büro hat, mit der wir schon lange nichts mehr zu tun haben. Vor vier Jahren wollte ich noch Mitglied in der Partei werden. Heute kommt mir dieser Gedanke utopisch vor. Ich fühle mich wie ein Pferd, dessen Reiter das Tier fest am Zaum hält, während er es durch die Nacht galoppieren lässt. Der Reiter ist natürlich mein Vater. Der Chef von dipì in Bologna, Marco Pezzi, ist vor einer Weile gestorben, was wir sehr bedauert haben. Er hatte ziemliche gesundheitliche Probleme. Vielleicht musste ich gestern Nacht an seinen Tod denken und malte mir aus, es könne mit meinem Leben auch bald vorbei sein; jedenfalls habe ich all meine Wut auf Bologna in dieses neue Tagebuch geschrieben. Meine Wut auf die Universitätsverwaltung war so groß, dass ich das neue Tagebuch anschließend in tausend Stücke zerriss. Danach habe ich mich schlafen gelegt. Ich träumte unruhige, wilde Träume und war am nächsten Morgen wie gerädert. Ich kann jetzt am Wochenende nichts machen und beschloss, einfach im Bett liegen zu bleiben. Im Laufe des Tages trank ich eine weitere Flasche Wein. Meine Eltern waren immer noch nicht zu erreichen oder ihr Telefon war kaputt. Dass Simona einfach gegangen ist und mich verlassen hat, macht mich weiterhin wütend und traurig. Nein, sie hat keine große Affinität zu Deutschland, aber sie hätte mir von Anfang an reinen Wein einschenken sollen, anstatt mir falsche Versprechungen auf ein gemeinsames Leben zu machen. Sie hat oft damit gedroht auszuziehen, wenn wir uns gestritten haben, aber man konnte immer merken, sie meinte es nicht wirklich ernst. Doch wenn sie sich jetzt bei der ersten Gelegenheit davonmacht, hat sie nur vorgetäuscht, sie wolle mit mir nach Deutschland gehen.

Irgendwann verließ ich die Wohnung, um mir bei einem *tabaccaio* eine Schachtel Zigaretten zu kaufen. Ich habe seit drei Jahren nicht mehr geraucht. Simona hat immer wieder gesagt, wie stolz sie auf mich sei, ich hätte dieses Laster aufgegeben. Jetzt konnte ich nicht anders, ich musste rauchen. Ich legte mich wieder aufs Bett und zündete mir eine Zigarette an. (In unserer Wohnung besteht eigentlich striktes Rauchverbot.) Die Zigarette tat mir gut. Ich fühlte mich besser, entspannter. Kaum hatte ich eine Zigarette beendet, zündete ich mir die nächste an. Am späteren Nachmittag klingelte es an der Tür. Es war Simona. Sie hatte ihren Wohnungsschlüssel nicht mitgenommen. Ich ließ sie nicht herein. Durch die Tür sagte sie, sie sei erleichtert, ich sei noch da und nicht in den Zug gestiegen. Sie sei am Bahnhof gewesen heute Morgen, habe mich am Gleis nicht gesehen. Sie fragte, wie es mir gehe, ob ich Hilfe bräuchte, ob sie nicht doch hereinkommen könne. Ihre Stimme klang sanft und besorgt um mich. Ich traute ihr nicht und bat sie, wieder zu gehen und mich alleine zu lassen. Am späten Abend kam sie wieder. Ich ließ sie auch dieses Mal nicht herein, weil ich ihr nicht die verrauchte Wohnung zeigen wollte. Mit verweinter Stimme sagte sie, ich hätte ein Herz aus Stein. Ich wollte sagen, und du hast mich verraten, doch ich schwieg. Ich bat sie erneut zu gehen. Sie schlug mit den Fäusten gegen die Tür und schrie. Ich reagierte nicht, bis sie gegangen war. Danach ging ich in die Bar, um bei meinen Eltern anzurufen. Erst als ich auf die Uhr schaute, merkte ich, es war bereits nach Mitternacht. Meine Eltern waren sicherlich schon zu Bett gegangen.

Am Sonntag trank ich wieder einigen Wein und rauchte sicherlich anderthalb Schachteln Zigaretten. Als ich mich am Montagmorgen zum Zertifikationsbüro aufmachte, war es mir egal, dass ich nicht geduscht und mich auch nicht rasiert hatte. Ich musste eine Stunde anstehen, bis ich der Angestellten hinter der dicken Glasscheibe mein Anliegen vortragen konnte. Sie tippte meine Matrikelnummer in ihren Computer ein, schaute nochmal auf meine Unterlagen und erklärte in mürrischem Ton und mit verächtlichem Blick, ich hätte zweifellos einen Abschluss in Zeitgeschichte. Wie ich darauf käme, Medizin studiert zu haben? Ich war außer mir und fing an zu schreien. Die Angestellte sagte mit eiskalter Stimme, ich solle augenblicklich das Zertifikationsbüro verlassen. Sonst rufe sie die Polizei. Auch die umstehenden Studenten beäugten mich misstrauisch. Ich drohte der Angestellten, sie werde von mir hören. Wutschnaubend verließ ich den Raum.

Draußen hatte Regen eingesetzt. Ich wusste nicht, wohin ich gehen sollte. Als erstes zündete ich mir unter den Portici eine Zigarette an und bald danach eine zweite. Ich sah jemanden auf mich zukommen. Es war Simona. Ich wusste, ich würde dich hier treffen, meinte sie. Sie sah mitgenommen aus. Wir umarmten uns, setzten uns auf eine Treppe und redeten alles Mögliche miteinander, jedoch nicht über das, was uns gerade voneinander trennte. Ich war noch aufgewühlt von dem, was ich im Zertifikationsbüro erlebt hatte, doch ich traute mich nicht, Simona davon zu erzählen. Dann machte sie mir einen unerwarteten Vorschlag: Jetzt wo du eine *laurea* in Zeitgeschichte und laut deinem *certificato* auch einige Prüfungen in italienischer Literatur abgelegt hast, könntest du doch Lehrer werden. Man verdient als *insegnante* nicht besonders gut in Italien, aber was willst du mit einem Abschluss in italienischer Zeitgeschichte in Deutschland anfangen? Da ist es doch besser, du bleibst in Italien. Ich schaute sie an, als ob sie nicht ganz bei Verstand sei. Ich wollte bereits aufstehen und gehen, als Simona mich am Arm festhielt und mit verzweifelter Stimme sagte, ich komme mit dir mit nach Deutschland. Ich werde mich an dieses fremde Land gewöhnen. Ich möchte dir beistehen, jetzt, wo es dir nicht gutgeht. Was heißt, mir geht es

nicht gut, erwiderte ich, ich bin Opfer einer büro-
kratischen Intrige und du sagst, es ist meine Schuld.
Ich verstehe dich nicht mehr. Bleib doch in deinem
Italien, ich will hier weg. Ich habe mich nie wohl gefühlt in dieser Stadt. Bologna ist herzlos.

Du weißt, das stimmt nicht, schrie Simona. Für
meine Familie bist du gleich ein Schwiegersohn gewesen, auf den sie stolz waren meine Eltern. Mein
kleiner Bruder bewundert dich und hat wegen dir
angefangen, Deutsch zu lernen. Ist das nichts? Du
bist undankbar. Du hast unsere Gastfreundschaft
nicht verdient. Kehr doch in dein Land zurück. Du
wirst merken, wie kalt die Deutschen zu dir sein
werden. Meinst du, sie hätten auf dich gewartet?
Nein, du bist ihnen fremd geworden, weil du ein halber Italiener geworden bist. Ich könnte dich erwür-
gen für deine Worte. Trotzdem wünsche ich dir, du
wirst eines Tages erkennen, was du an Bologna gehabt hast.

Und bei diesem letzten Wort stand sie auf und ging.
Sie drehte sich nicht wieder um. Man sah, sie weinte
heftig. Ich war verwirrt von diesem Auftritt. So sehr
es mich schmerzte, Simona anscheinend endgültig
verloren zu haben, so rasch schob sich wieder der
Gedanke in den Vordergrund, wie ich mein Medizinstudium nachweisen konnte. Ich vertraue eigentlich nur meinem Professor, aber der ist bei einer

Tagung in Frankreich, wie er mir am Freitag bei der Prüfung gesagt hat. Obwohl ich mich in Bologna gut auskenne, fühlte ich mich in diesem Moment wie ein vollkommen Fremder in dieser Stadt. Es schien mir, als ob ich hier niemanden mehr kennte. Ich wollte nur noch weg und nichts mehr mit diesem Ort zu tun haben.

Ich ging dennoch ins Rektorat, um meinen Fall im Vorzimmer des Rektors zur Sprache zu bringen. Ich war noch nie im Rektorat gewesen und empfand Ehrfurcht vor diesem Ort. Ich musste es wenigstens versuchen. Man ließ mich nicht einmal vor bis zum Vorzimmer. Ein *bidello* wimmelte mich ab. Ich solle mich an meine Fakultät wenden. Ihm sei es egal, ob ich Zeitgeschichte oder Medizin studiert hätte. Dem Zertifikationsbüro unterlaufe jedenfalls kein solcher Fehler. Wieder war ich erbost, doch ich musste an die Drohung der Angestellten im Zertifikationsbüro denken, die Polizei zu rufen, und verließ das Rektorat, ohne den Hausmeister noch eines weiteren Blickes zu würdigen.

Ich ging in eine Bar und wollte mit meinen Eltern telefonieren, damit sie mir umgehend Geld für einen Rechtsanwalt schickten. Mein Fall ist ein Fall für die Gerichte. Anders ist diesen verrückten Universitätsbürokraten nicht beizukommen. Wieder war in Düsseldorf niemand zu erreichen. Also gab ich auf

der Post ein Telegramm an meine Eltern auf. Am
Abend ging ich in die Bar gegenüber von unserer
Wohnung. Vater meldete sich. Er sagte mit atemlo-
ser Stimme, Mutter und er hätten sich maßlose Sorgen gemacht, weil Simona und ich am Samstag nicht
im Zug gewesen seien, als dieser in Düsseldorf ankam. Was um Himmels Willen sei passiert? Mein
Telegramm sei kryptisch. Ich erklärte ihm meine
Lage. Er unterbrach mich, als ich gerade von dem
Vorfall im Zertifikationsbüro zu erzählen begann,
und sagte, komm bitte nach Hause. Die vier Worte
klangen wie ein verzweifelter Befehl. Eine grenzen-
lose Wut gegen meinen Vater, der mich nicht aus-
sprechen ließ, stieg in mir hoch. Dennoch wagte ich
nicht, ihm zu widersprechen. Vielleicht hat er
durchs Telefon mein starkes Zittern wahrgenommen, denn er ergänzte mit weicherer Stimme und
eine Welle warmer Erleichterung floss bei seinen
Worten durch meinen Körper: Ich kenne einen guten Rechtsanwalt. Der wird die Sache in die Hand
nehmen.

Düsseldorf, 23. März 1989

Ich brauchte noch einen Tag, um alles zu erledigen,
aber dann nahm ich den Zug nach München und
schwor mir, nie wieder nach Italien zurückzukehren. Am Brenner musste ich, da ich das Land end-

gültig verließ, dem italienischen Polizeibeamten meinen *permesso di soggiorno* abgeben. Am liebsten hätte ich das dünne, verhasste Papier in tausend Stücke zerrissen und ihm die Fetzen ins Gesicht geschleudert, aber ich händigte ihm das Schriftstück brav und unversehrt aus. Als der Zug wieder losfuhr und wir nach Österreich kamen, jubelte ich.

Vater und Mutter waren erschüttert, als ich ihnen die Geschichte mit dem falschen Abschluss in allen Details erzählt hatte. Vater sagte, er wisse nicht, wieso eine Universitätsverwaltung einen solchen Fehler begehen könne, aber es sei ein ungeheuerlicher Vorgang. Am nächsten Tag sprach er mit dem Rechtsanwalt, der eine gute Verbindung zu einer angesehenen Kanzlei in Mailand hat. Das Ganze wird nicht billig, aber Vater sagt, er übernimmt die Kosten, weil mir offenbar ein großes Unrecht geschehen sei.

Düsseldorf, 15. April 1989

Von den dramatischen Ereignissen am Platz des Himmlischen Friedens in Peking habe ich kaum etwas mitbekommen, weil ich mir die Hacken ablaufe und mir den Mund fusselig rede, um zu meinem Recht zu kommen. Die Kanzlei in Mailand teilte uns über den Rechtsanwalt, den mein Vater kennt, erst mit, es werde nur eine Frage von Tagen sein, bis sich die Angelegenheit geklärt habe, aber offenbar ist die Sache komplizierter als gedacht, und die italienische Kanzlei hat uns um etwas Geduld gebeten. Ich habe derweil wieder Kontakt zu meinen früheren Schulkameraden aufgenommen und ihnen meine Geschichte erzählt. Die meisten haben mich sehr bedauert, aber mein früherer bester Freund, Sebastian, der mir damals Rom als Studienstadt ans Herz gelegt hatte, hat gesagt, ich müsse mich täuschen, ohne dass er erklärt hätte, was er damit meinte. Ich habe ihn seitdem nicht mehr kontaktiert. Ansonsten versuche ich, mich nach einer Stelle als Arzt auf Probe umzusehen. Natürlich kann ich ohne Zeugnis nicht belegen, dass ich einen medizinischen Abschluss habe. Ich habe mich schon eingehend informiert, was ich machen muss, um meinen Abschluss hier in Deutschland anerkennen zu lassen und wie ich noch zu einem Doktortitel kommen kann, der für einen Arzt ja unerlässlich ist. All diese Unternehmungen sind sehr anstrengend für mich. Ich bin froh, wenn ich mich abends in meinem alten Zimmer bei den Eltern ins Bett legen kann. Die Ereignisse der letzten Wochen haben mich aufgewühlt. Ich schlafe schlecht und wache am Morgen manchmal müder auf, als ich zu Bett gegangen bin. Und natürlich sehne ich mich nach Simona, auch wenn ich immer noch wütend auf sie bin. Ich fange an zu denken, sie hat nicht Unrecht gehabt, man werde mich in

Deutschland nicht mit offenen Armen empfangen. Der Alltag ist unerwartet zäh und die Leichtigkeit, die vor sieben Jahren noch mein Schulalltag hatte, ist passé. Vater ist immer noch sehr auf meiner Seite und kämpft wie ein Löwe um mein Recht, weil er es nicht fassen kann, dass mir so etwas passiert ist. Bei Mutter hingegen habe ich den Eindruck, sie will mir durch die Blume vermitteln, nimm doch deinen (vermeintlichen) Abschluss in Zeitgeschichte an und versuche dich damit zu bewerben, sonst verbeißt du dich in einen Kampf gegen die italienische Bürokratie, den du nicht gewinnen kannst. Dieser Streit mag Jahre andauern und bis du zu deinem Recht gekommen bist, magst du zu alt sein, um noch eine vernünftige Stelle zu bekommen. Natürlich wagt sie nicht, mir so etwas offen zu sagen, denn sie weiß, ich würde einen Tobsuchtsanfall bekommen. Mutter hat in ihrem Leben dem System immer nachgegeben, sie hat sich nie gegen das System gewehrt. Ich auch nicht, aber ich kann mich nicht kampflos ergeben. Es geht um meine Karriere, meine Zukunft, mein Leben.

Vaters Rechtsanwalt hat eine erste Honorarnote aus Italien geschickt. Vater hat nichts gesagt, aber er ist ein paar Tage verstimmt gewesen, weil die geforderte Summe wohl sehr hoch war. Was mache ich, wenn dieser Kampf die finanziellen Möglichkeiten meiner Eltern übersteigt? Muss ich dann in den sauren, wenn nicht gar giftigen Apfel beißen und wahrheitswidrig behaupten, ich sei Zeithistoriker, nur um irgendeine Stelle zu bekommen? Es geht mir nicht gut, diese ganze Sache zehrt an meinen Nerven. Manchmal träume ich von Simona. Es sind Träume, die idyllisch beginnen, aber dann bitter und hart werden. Wir hatten schöne Jahre zusammen, die durch ein großes Unglück, für das wir beide nichts können, zerstört worden sind. Trotzdem hätte Simona mir nicht sagen dürfen, ich solle in Italien Lehrer werden. Und genauso wenig darf sich Mutter die Freiheit herausnehmen, mir nahezulegen, ich müsse es akzeptieren, wenn schon nicht in realiter, dann doch vor den Augen der Welt Historiker zu sein.

Düsseldorf, 10. Januar 1990

Diese Tage ist etwas passiert, ich weiß nicht was, aber meine Eltern, d. h. auch mein Vater, scheinen mich mit anderen Augen zu sehen. Ich habe keine Ahnung, was vorgefallen ist. Vater will offenbar mit mir sprechen. Er traut sich nicht.

Im Krankenhaus, 30. Januar 1990

Vor zehn Tagen radelte ich von der Universität nach Hause zurück, nachdem ich mir dort den x-ten Misserfolg bei den Bemühungen um eine Anerkennung meines Medizinstudiums eingehandelt hatte, übersah eine rote Ampel und wurde von einem Autofahrer umgefahren. Jetzt liege ich mit einem doppelten Beinbruch im Krankenhaus und kann mein Pech kaum fassen. Es ist ein mehrfacher Bruch an beiden Oberschenkeln. Weil ich die ersten Tage vor Schmerzen geschrien habe, erhalte ich starke Schmerzmittel, die mein Bewusstsein betäuben und mich nicht klar denken lassen. Ich habe allerlei merkwürdige Fantasien im Kopf. Der Chefarzt hat mir gesagt, er werde eine erfahrene Psychotherapeutin bitten, mit mir zu sprechen. Ich habe gelacht und erwidert, wenn die Therapeutin mir zu meinem mir zustehenden Studientitel verhelfe, sei ich bereit, ihr meine intimsten Geheimnisse zu verraten. Der Chefarzt hat mich ernst angeschaut, aber nichts weiter gesagt.

Am nächsten Tag kam eine ältere Ärztin an mein Bett. Ich hatte instinktiv Respekt vor ihr. Sie fragte mich, wie es mir gehe.

Den Umständen entsprechend, erwiderte ich.

Wollen Sie nicht aufstehen, sagte sie unvermittelt.

Ich kann nicht aufstehen. Ich habe zwei gebrochene Oberschenkel.

Kommen Sie, stehen Sie auf. Sie liegen schon viel zu lange im Bett.

Ich starrte sie ungläubig an.

Wissen Sie, wo Sie hier sind, fragte die Ärztin.

In einem Krankenhaus.

Und in welchem?

Ich stutzte und musste antworten, ich habe keine Ahnung.

In der LVR-Klinik.

In der Psychiatrie? Ich war bass erstaunt. Was habe ich hier zu suchen? Ich habe zwei gebrochene Beine.

Sie haben keine gebrochenen Beine.

Was soll denn diese Aussage? Natürlich habe ich gebrochene Beine, sonst würde ich doch nicht seit Tagen hier liegen.

Bitte stehen Sie auf! Sie sagte es so bestimmt, dass ich die Decke zur Seite schlug und meine Beine bewegte. Ich wollte gerade sagen, Sie sind eine Wunderheilerin, als mir schwarz vor den Augen wurde. Ich fiel ohnmächtig ins Bett zurück. Als ich nach kurzer Zeit wieder erwachte, schaute mich die Ärztin mit einem strengen, aber mitfühlenden Blick an. Sie konnte mich bald dazu bewegen, mich an die Bettkante zu setzen und mit den Beinen zu schaukeln. Sie fühlten sich schwach, aber gesund an. In meinem Kopf schien ein Erdrutsch abgegangen zu sein. Ich fing an hemmungslos zu weinen. Die Ärztin nahm mich in ihre Arme. Ihr Körper fühlte sich weich und warm an. Ich musste an Simona denken und fing erst recht an zu schluchzen. Die Tränen hörten nicht mehr auf. Langsam löste sich die Ärztin von mir. Ich fühlte mich leer wie ein Fußballstadion während der Winterpause. Es war, als ob all meine Gedanken seit vorletztem Herbst nicht gestimmt hätten. Diese Einsicht schien mir wertvoll, ich wollte an ihr festhalten. Wir saßen einige Minuten schweigend da. Die Ärztin streichelte meine Hand. Ich war ihr dankbar und gleichzeitig verwirrt. Es tauchten Gedanken in meinem Kopf auf, die allem widersprachen, was ich in den letzten 15 Monaten geglaubt hatte. Als ob es das Selbstverständlichste auf der Welt sei, sagte ich, ich bin Historiker.

Die Ärztin sagte nichts, aber sie lächelte.

Meine Eltern! rief ich plötzlich voller Schrecken.

Sie werden Sie morgen besuchen, meinte die Ärztin. Legen Sie sich jetzt schlafen. Sie brauchen Ruhe. Sie stand auf und sagte, sie komme übermorgen wieder.

Am nächsten Tag kamen meine Eltern. Wir setzten uns in das Klinikcafé. Mutter weinte, als sie mich den Flur entlanglaufen sah. Meine Eltern hatten einen großen Blumenstrauß mitgebracht. Als ich die roten Rosen sah, kamen mir die Tränen. Es waren Tränen der Freude. Mutter umarmte mich. Vater streichelte mich am Arm. Diese Berührung ging mir durch Mark und Bein. Ich war zutiefst gerührt. Einer solchen Geste hätte ich meinen Vater, den ich immer für einen kalten Menschen gehalten habe, nicht für fähig erachtet. Mutter weinte. Vater räusperte sich, die Ärztin, Frau Kahlberger, hat uns gestern Abend angerufen, es gehe dir besser. Du kannst dir nicht vorstellen, wie erleichtert wir sind.

Simona hat uns einen Brief geschrieben, unterbrach ihn Mutter.

Es ist uns vieles klar geworden durch diesen Brief, sagte Vater.

Du hast eine sehr mutige Freundin, sagte Mutter.

Was hat sie denn geschrieben, fragte ich voller Staunen.

Sie hat geschrieben, du hast dich verpflichtet gefühlt, Arzt zu werden wie Vater, und hast immense Karrierepläne gehabt, von denen du uns nie etwas erzählt hast und die überhaupt nicht zu dir gepasst haben. Nur um unseren vermeintlichen Erwartungen zu entsprechen, hast du an der Schule die Leistungskurse in Biologie und Chemie belegt. Eigentlich wolltest du Geschichte und Deutsch als Leistungskurse nehmen. Simona hat gleich am Anfang eurer Beziehung gesehen, du hattest mit dem Fach Medizin enorme Schwierigkeiten. Sie hat dich innerhalb kurzer Zeit dazu gebracht, dich stattdessen im Fach Zeitgeschichte einzuschreiben. Du bist aufgeblüht und hast enormen Spaß gehabt, dich mit historischen Fakten, Problemen und Quellen auseinanderzusetzen. Du hattest einen Studienfreund, der auch Geschichte studierte und mit dem du dich wunderbar ausgetauscht hast. Ihr habt zusammen mehrere Referate über historische Themen gehalten. Du hast dich nie getraut, uns etwas über diesen Studienwechsel zu erzählen. Du wolltest uns nicht enttäuschen, weil du gedacht hast, nur als Arzt würden wir dich als vollwertigen Menschen akzeptieren.

Bin ich ein so schlimmer Vater gewesen, warf Vater ein.

Ich konnte ihm nicht antworten und fragte Mutter stattdessen, was hat Simona noch geschrieben?

Mutter fuhr fort, Simona schreibt, je näher du deinem Studienabschluss gekommen bist, desto verkrampfter und merkwürdiger hast du dich verhalten. Du hast darauf bestanden, deine Abschlussarbeit über ein gesundheitspolitisches Thema zu schreiben, das dich überhaupt nicht interessiert hat. Es ist dir wichtig gewesen, deine Abschlussarbeit bei einem Professor der medizinischen Fakultät zu machen, als ob du damit uns gegenüber noch den Schein wahren konntest. Mit dem Professor hast du dich gut verstanden. Als du die Abschlussprüfung abgelegt hast, hast du plötzlich gemeint, dir stehe ein medizinischer Abschluss zu. Sie, Simona, hat das nicht mehr ertragen können und dich verlassen bzw. sie schreibt, du siehst das so. In Wahrheit hast du sie verlassen.

Nach zwei Monaten bin ich aus der Klinik entlassen worden. Frau Kahlberger hat mich an einen Psychiater in der Düsseldorfer Innenstadt verwiesen. Wenig später begann ich eine Therapie. Durch das Medikament, das ich nehmen muss, habe ich stark zugenommen, doch ich bin lieber dick, als nochmal krank zu werden.

Lange Zeit habe ich Bologna weiterhin gehasst. Inzwischen sehe ich die Jahre, die ich dort verbracht habe, positiver. Ohne Frage waren es harte Jahre, doch ich habe durchgehalten, ich habe meinen Abschluss gemacht. Vielleicht bin ich dadurch heute zäher geworden und lasse mich nicht so leicht entmutigen. Ich habe mir eine Unabhängigkeit erworben, auf die ich stolz bin. Was meine ich mit Unabhängigkeit? Meine Generation ist wegen der Naziverbrechen mit einem stark negativen Geschichtsbild großgeworden. Die Italiener haben bei aller Kritik, die auch sie an ihrer faschistischen Vergangenheit üben, ein positives Geschichtsbild. Sie sind in

Maßen stolz auf ihr Land. Es hat gedauert, bis ich mir klargemacht habe, auch ich konnte ein positives Bild meines Landes haben. Vor etwa zwei Jahren bin ich in Weimar gewesen und habe mir die Wohnhäuser von Goethe und Schiller angesehen. Ich habe verstanden, wie sehr auch die Humanität und die Weltoffenheit von Goethe oder der fortschrittliche Idealismus von Schiller die deutsche Geschichte geprägt haben. Es ist also nicht alles düster und negativ. Ich bin Bologna sehr dankbar, mir in dieser Hinsicht einen Schubs gegeben zu haben.

Mit meinen Eltern hat sich ein herzliches Verhältnis entwickelt, auf das ich ebenfalls stolz bin. Vater betont, Mutter und er hätten Angst gehabt, ich würde nie wieder gesund werden. Er bewundere es, wie ich wieder ein normaler und vernünftiger Mensch geworden sei. Das ist ein schönes Kompliment, das ich gerne annehme. Ob ich mich wirklich schon von Vater befreit habe, wage ich nicht zu behaupten. Trotzdem hat vielleicht gerade die Krankheit jenen „Ausbruch aus meinem engen, aber bequemen Nest" bedeutet, den ich mir damals auf der Zugfahrt zu der großen Demonstration in Rom nicht zugetraut habe. Was mein denkender Kopf nicht bewerkstelligen konnte, dafür hat meine Psyche gesorgt.

Nach mehreren Jahren habe ich über eine Kontaktanzeige im Düsseldorfer Stadtmagazin TERZ auch eine neue Freundin gefunden. Sie heißt Gretchen. Ihre Mutter ist Amerikanerin. Seit einem halben Jahr wohnen wir zusammen und fühlen uns wohl miteinander. Auch Gretchen hat ein Leben mit vielen Härten gehabt. Vielleicht verbindet diese gemeinsame seelische Versehrtheit uns noch stärker miteinander. Wir haben für den Monat Mai ein altes Bauernhaus in der Nähe von Lucca gemietet. Wir fliegen bis Pisa und nehmen dann ein Mietauto. Gretchen sagt, der Italiener in dir freut sich wie ein Schneekönig auf diese Reise.

La Vie est un long fleuve tranquille

Simonas Vater unterrichtete Musik an einem Bologneser Gymnasium und hatte eine Vorliebe für das Werk von Johann Sebastian Bach. Nach dem gemeinsamen Kirchenbesuch legte er jeden Sonntag eine Schallplatte mit einer Bachkantate auf. Als Simona Mathias kennen lernte, war diese Vertrautheit mit dem großen Barockkomponisten das einzige Element, das sie näher mit der deutschen Kultur verband. Simonas Mutter unterrichtete Biologie an derselben Schule wie ihr Mann und übertrug ihrer Tochter ihre Leidenschaft für Pflanzen. Es war für Simona nur natürlich, nach dem Abitur an der Universität ihrer Heimatstadt ebenfalls Biologie zu studieren.

Mit dem Abschluss ihres Studiums und der Trennung von Mathias geriet sie in eine schwere Krise. Ihr Studium hatte ihr keine Hilfsmittel an die Hand gegeben, um das krankhafte Verhalten von Mathias zu verstehen. Die Wutausbrüche ihres Freundes schienen ihr unerklärlich, da er sich zuvor besonnen und liebevoll verhalten hatte. Ihr feinsinniger Vater riet ihr, sich ein wenig mit Psychologie zu beschäftigen. Die Idee schien ihr abwegig. Glaubte er, sie könne sich mit schwammigen Seelentheorien befassen, die im Gegensatz zu ihren geliebten Pflanzen nichts Konkretes, nichts Fassbares an sich hatten? Zu Weihnachten schenkte ihr ihre Mutter *Das Unbehagen in der Kultur* von Sigmund Freud. Simona empfand das Geschenk als eine Beleidigung. Carlo meinte, sie könne wenigstens ein paar Seiten des Werkes lesen. Danach könne sie es ja weglegen. Simona witterte ein Komplott ihrer Familie, um sie in eine Ecke abzuschieben, in der ihre Trauer über den Verlust von Mathias nicht mehr so sichtbar wäre. Nein, sie wollte mit Psychologie nichts zu tun haben. Das schien ihr ein Fach für Menschen, die nicht mit sich zurechtkamen.

Am zweiten Weihnachtsfeiertag fing sich Simona eine Grippe ein und musste einige Tage das Bett hüten. Als sie wieder aufstehen konnte, fühlte sie sich elender denn je, jedenfalls von ihrem seelischen Befinden her. Ihre Gedanken kreisten immer wieder um Mathias. Ihre Wut, ja ihr Hass auf ihn war enorm. Andererseits verspürte sie große Sorge um ihn. Sie hatte keine Ahnung, wie es ihm ging, was er machte, ob er immer noch glaubte, er habe einen Abschluss in Medizin. Sie fühlte sich zerrissen und befürchtete, sie werde ihr inneres Gleichgewicht nie wiederfinden. Es war der letzte Tag des Jahres. Draußen regnete es. Simona stand aus ihrem Bett auf und wollte in die Küche gehen, wo ihre Mutter sicherlich schon den Morgenkaffee auf den Gasherd gesetzt hatte. Simona brauchte jetzt dringend einen starken

Espresso. Sie stieß mit dem nackten Fuß gegen einen festen Gegenstand, der daraufhin unter das Bett rutschte. Simona ärgerte sich, denn sie musste sich in ihrem geschwächten Zustand bücken, um den Gegenstand wieder hervorzuholen. Es war das Buch von Freud. Sie hätte es fast in eine Ecke geschleudert, aber sie entsann sich, was Carlo ihr gesagt hatte, sie solle wenigstens mal hineinschnuppern. Ihr Bruder war drei Jahre jünger als sie. Trotzdem schien es ihr manchmal, er kenne sich im Leben besser aus als sie. Lag es daran, er studierte ein menschennäheres Fach, nämlich Jura, als sie es getan hatte? Aber Carlo hatte immer schon etwas leicht Spöttisches an sich gehabt, stand allzu deutlich gezeigten Emotionen mit einer gewissen Distanz gegenüber. Wenn jemand ihm einen guten Witz erzählte, konnte er einen Lachanfall bekommen, der nicht aufhören wollte. Ja, Carlo war ein fröhlicher Mensch, der einen Bogen machte um die Abgründe der Seele, die Simona gerade auslotete. Eigentlich war sie selbst auch ein fröhlicher und ausgeglichener Mensch, aber die Sache mit Mathias hatte sie ziemlich aus der Bahn geworfen.

Simona holte sich den Espresso aus der Küche, stellte ihn auf den Nachttisch, damit er etwas abkühle, setzte sich wieder aufs Bett, nahm das Buch in die Hand und fing an zu lesen. Ihr war kalt. Sie deckte sich zu. Nach einigen Seiten musste sie schmunzeln, nicht wegen des Inhalts, sondern weil Freud so einen eleganten Ausdruck besaß. Mathias hatte immer den größten Wert auf einen sprachlich ausgefeilten Ausdruck gelegt. Manchmal hatte er sogar ihr Italienisch verbessert, auch wenn sein Italienisch manchmal etwas merkwürdig war. Mathias hatte sich nie mit Psychologie beschäftigt. Er war auch kein großer Intellektueller und doch erinnerte der Ton in diesem Buch sie eindeutig an ihren Freund. Sie fand das amüsant und las weiter.

Nach einer halben Stunde merkte sie, der Espresso stand immer noch auf ihrem Nachttisch. Sie schluckte den kalten Kaffee schnell herunter und nahm das Buch sogleich wieder in die Hand. Die Lektüre spendete ihr zunehmend Trost, weil Freuds Werk, wenn auch nur angedeutet, Erklärungen bot, nach denen sie gesucht hatte. Sie dachte nach. Ihr Freund konnte sehr gut Geschichten erzählen und das Blaue vom Himmel lügen. Sicherlich hatte er seine Eltern glauben gemacht, er habe tatsächlich einen medizinischen Abschluss erlangt, der jedoch nicht anerkannt werde. Er hatte vor allem einen Heidenrespekt vor seinem Vater. All die Jahre hatte er seinen Eltern nicht reinen Wein einschenken wollen, dass er nicht mehr Medizin studierte. Simona hatte gefühlt, dieses Versteckspielen konnte nur in einer Katastrophe enden. Doch sie hatte diesen Gedanken immer wieder beiseitegeschoben. Vielleicht hatte sie gehofft, Mathias werde noch den Mut finden, die Wahrheit zu sagen, auch wenn sie spürte, er hatte vor diesem unausweichlichen Moment eine panische Angst. Jetzt war das Kind in den Brunnen gefallen, d. h. Mathias war verrückt geworden und hatte sich von ihr getrennt. Als Simona das Buch am nächsten Tag beendet hatte, wollte sie Mathias' Lügenballon wenigstens einen Nadelstich versetzen und schrieb seinen Eltern einen Brief, um sie über die Realität der vergangenen Jahre aufzuklären. Als sie ihn nochmals durchlas, wunderte sie sich, wie klar und scheinbar gelassen sie über Mathias hatte schreiben können. Einige Wochen später kam eine kurze Antwort von Mathias' Vater, in der dieser sich in für seine Verhältnisse bewegten Worten für ihren Brief bedankte.

Obwohl Simona sich gerne mit lebendigen, realen Dingen beschäftigte, war sie doch eher ein kontemplativer Mensch, der über die verschiedenen Formen des Lebens nachdachte, aber nicht unbedingt praktisch veranlagt war. Sie hatte sich nie Gedanken gemacht, was sie mit ihrem Studium der Biologie beruflich würde anstellen können. In ihrer jetzigen Lage war ihr der Gedanke, einer Arbeit nachgehen zu sollen, unerträglich. Ihrer Familie sagte sie zunächst nichts, als sie sich im neuen Jahr beim Sekretariat des Dipartimento di Psicologia erkundigte, ob sie sich nachträglich für das akademische Jahr einschreiben könne, das bereits Anfang November begonnen hatte. Sie lächelte die Mitarbeiterin hinter dem Schalter an, bis diese erklärte, sie solle direkt bei einem Professor namens Riccardo Giovene vorsprechen und ihm ihren Fall schildern. Die schon ältere Frau wünschte ihr viel Glück.

Professor Giovene war ein Mann von 50 Jahren, der seine längeren Haare zu einem Pferdeschwanz zusammenband und wie ein alter 68er wirkte, der sich von den Träumen seiner Jugend nicht trennen wollte. Simona fühlte sich in seiner Gegenwart augenblicklich wohl. Trotzdem schien er zunächst etwas skeptisch, solche Ausnahmen von der Regel seien an der Universität nicht gern gesehen, aber er werde schauen, was er tun könne. Nach ein paar Tagen rief er sie an und teilte ihr mit, wenn sie es nicht an die große Glocke hänge, gehe das mit ihrer verspäteten Einschreibung in Ordnung. Simona hatte das Gefühl, sie sei nach einer langen und anstrengenden Reise in der Dunkelheit vor einem Haus angekommen, in dem ein schwaches Licht leuchtete. Sie fühlte eine noch ungewisse, aber nicht irreale Hoffnung auf eine allmähliche Besserung ihres Zustands.

Mit dem Elan einer Zwanzigjährigen stürzte sie sich in ihr zweites Studium. Sie merkte bald, Freuds Ideen galten laut der aktuellen psychologischen Forschung als weitgehend überholt. Trotzdem las sie viele seiner Werke, weil die Klarheit seines Gedankengebäudes sie betörte und faszinierte. Sie las auch Jung, Adler, Reich und andere Klassiker, aber nur bei Freud hatte sie das Gefühl, er beschäftige sich zwar mit Themen, die seinen Zeitgenossen schmutzig und unangenehm vorgekommen sein mussten, aber er selbst war ein integrer Mensch, der sich nicht scheute, die Dinge beim Namen zu nennen.

Das waren nach etwa einem Jahr ihre Eindrücke von ihrem neuen Studienfach, aber je mehr sie sich in den Folgejahren in die Psychologie vertiefte, desto mehr entfernte sie sich von Freud und desto vielschichtiger, aber auch verwirrender wurde ihr Wissen. Es gab zahlreiche psychologische Schulen, deren Theorien sich teilweise widersprachen. Auf die Dauer schien es Simona müßig, sich in allen Details dieser Debatten auszukennen. Das war etwas für hochintellektuelle Akademiker. Sie hingegen sah sich eher als Handwerkerin oder Mechanikerin der Seele. Sie wollte praktische Methoden und Kniffe kennen lernen, um Menschen in psychischer Not helfen zu können. Sie klaubte sich von den verschiedenen Schulen einzelne Gedanken und Hinweise zusammen, die ihr nützlich erschienen. Sie wollte dazu beitragen, in den Menschen eine Pflanze der Hoffnung zu pflanzen, damit diese ihre Verzweiflung zumindest teilweise überwänden. Professor

Giovene, in dessen Sprechstunde sie öfters vorbeischaute, wenn sie beim Verständnis einer psychologischen Kategorie nicht weiterkam, sagte ihr, sie dürfe diese Metapher Pflanze der Hoffnung nicht zu wörtlich nehmen. Der Mensch sei keine Pflanze. Er sei etwas komplexer aufgebaut. Simona ließ sich von dieser Kritik nicht beeindrucken. Für sie bestand ein enger Zusammenhang zwischen dem Aufbau der Seele und dem der Pflanze. Das war mehr eine Intuition als eine wissenschaftlich fundierte Aussage. Sie hatte vielleicht noch immer *confusione in testa*. Aber vielleicht war ihre Verwirrung im Kopf auch ein Mittel, das ihr half, ihre vielen Fragen bezüglich Mathias' Verhalten Stück für Stück zu durchdenken. Sie brauchte eine gewisse kreative Unordnung in ihren grauen Zellen, damit die nackte Wucht dessen, was sie erlebt hatte, sie nicht erschlug. Sie war kein systematischer Mensch, der alles auf ein ordnendes Prinzip zurückführen konnte. Diesen Anspruch hatte sie nicht an sich. Ihr Psychologiestudium hatte sie begonnen, nicht um eine große Erklärung für die Existenz der Seele zu finden, sondern damit es ihr besser gehe. Sie selbst war ihr erster Patient.

In ihrem zweiten Studienjahr hatte Simona eine Psychologiestudentin namens Rita Sacconi kennen gelernt. Sie verstanden sich gut und fingen an, gemeinsam für Prüfungen zu lernen. Sie sprachen über alles Mögliche und Rita vertraute ihr viele Dinge aus ihrer Familie an. Sie stammte aus Foggia in Apulien. Ihr Vater hatte sie missbraucht und die Mutter mit ihren drei Kindern dann verlassen, ohne je wieder ein Lebenszeichen von sich zu geben. Rita dachte manchmal, ob ihre Mutter ihren Vater umgebracht und irgendwo vergraben hatte, um sich für die Schändung ihrer Tochter zu rächen. Die Mutter hatte nach dem Verschwinden ihres Mannes dessen Bauunternehmen übernommen und erfolgreich weitergeführt. Sie war vor drei Jahren gestorben und hatte ihr Geheimnis mit ins Grab genommen. Simona dachte, meine eigenen Sorgen sind nichts gegen das Schicksal von Rita, und sie schämte sich lange, ihrer neuen Freundin von Mathias zu erzählen, bis diese ihr eines Tages auf den Kopf zusagte, sie solle endlich mit der Wahrheit herausrücken, was ihr Herz bedrücke und weswegen sie so selten fröhlich sei. Rita hatte sie bei diesen robusten Worten gleichzeitig mit unendlicher Zärtlichkeit angeblickt. Simona wusste nicht, ob sie weinen oder lachen sollte. Sie entschied sich fürs Lachen. Vielleicht waren diese Worte und dieser Blick von Rita hilfreicher gewesen als die gesammelten Werke von Freud, die sie in ihrem Regal stehen, aber seit längerer Zeit nicht mehr angeschaut hatte.

Simona war ihren Eltern ungemein dankbar, dass sie ihr Studium weiterhin finanzierten. Sehr reich waren die Fracchis nicht. Als Lehrer verdiente man in

Italien nicht besonders gut. Simonas Mutter hatte eigentlich mit Anfang 50 in Rente gehen wollen. Da das Geld nicht gereicht hätte, unterrichtete sie weiter, bis Simona ihr Studium beendet hätte. Um über die Runden zu kommen, musste Simona trotzdem zwei Abende die Woche arbeiten gehen. Sie kellnerte in einer bekannten Pizzeria im Zentrum von Bologna. Sie verdiente nicht viel, aber mancher Gast gab ihr ein gutes Trinkgeld. Ihr Kopf steckte voller psychologischer Gedankengänge und ihr fiel es nicht immer leicht, sich all die einzelnen Abläufe ihrer Arbeit zu merken. Sie war halt mehr ein Kopfmensch. Einmal hatte auch Professor Giovene mit seiner Frau in der Pizzeria gegessen. Simona hatte dafür gesorgt, dass ein anderer Kollege diesen Tisch bediente. Sie hätte sich geschämt, vor ihrem Professor in dieser Tätigkeit als Kellnerin dazustehen. Der Kollege, der an ihrer statt die Giovenes bediente, hieß Pino. Er stammte aus Venetien und studierte Ingenieurwissenschaften. Politisch war er etwas konservativ und schien das Fach Psychologie nicht besonders ernst zu nehmen. Trotzdem war er einfühlsam. Nach einigen Monaten, nachdem Simona in der Pizzeria angefangen hatte, hatten sie Sex miteinander gehabt. Er hatte eine maskuline Art, die Simona guttat. Sie wusste, mit Pino würde es nichts von Dauer sein. Trotzdem war sie froh, ihn kennen gelernt zu haben.

In den Sommermonaten hatte Simona keine Vorlesungen und keine Prüfungen. Mit der Arbeit in der Pizzeria hatte sie etwas Geld beiseitelegen können. Sie schlug Rita und Pino eine gemeinsame Reise nach Berlin vor. Die Mauer war erst vor wenigen Jahren gefallen und die deutsche Hauptstadt galt als die derzeit aufregendste Stadt Europas. Simona fühlte sich jetzt stark genug, um nach Deutschland zu fahren. Mathias hatte nie von der Möglichkeit einer Wiedervereinigung seines geteilten Landes gesprochen. Das Thema hatte ihn nicht interessiert. Er hatte keine Verwandten oder Freunde in Ostdeutschland gehabt. Als eine Studentin der Zeitgeschichte ihn einmal gefragt hatte, ob er aus Ost- oder Westdeutschland stamme, hatte er indigniert den Kopf geschüttelt und geantwortet, wenn er aus Ostdeutschland käme, könne er wohl kaum in Bologna studieren.

Die zwei Wochen im mauerlosen Berlin hinterließen einen tiefen Eindruck bei Simona. Die Stadt schien ihr wunderbar unfertig, wenn nicht gar chaotisch. Sie fühlte sich dort zuhause und gleichzeitig hatte sie das Gefühl, sie verstehe Mathias' Wesen jetzt besser. Auch er war eine Mischung aus kontrastierenden Impulsen und hatte eine Unruhe ausgestrahlt, die befruchtend, aber auch sehr anstrengend sein konnte. Die Reise nach Berlin bedeutete einen weiteren Puzzlestein, um das Thema Mathias langsam hinter sich zu lassen. In Berlin wurde Simona klar, hinter der merkwürdigen Art, die sie während der Beziehung zu Mathias an ihm verspürt hatte, steckte ein ganzes Bollwerk an Kultur. Oder an verdrehter und auch widersprüchlicher Mentalität. Diese Obsession mit der Aufarbeitung des Nazireiches verspürte man in Berlin an allen Ecken und Enden. Das war etwas, das Simona erdrückte, das ihr einfach zu viel war. Und gleichzeitig war es eine Erleichterung für sie zu verstehen, diese Obsession gab es nicht nur bei Mathias, sondern sie gehörte einem ganzen Volk an.

Wenige Wochen, nachdem sie aus Berlin zurückgekehrt waren, stellte Simona fest, sie war schwanger. Die Erkenntnis traf sie wie ein Schlag. Sie war Studentin, hatte kein eigenes Einkommen, lebte noch bei ihren Eltern und hatte mit dem Erzeuger des Kindes vermutlich eine nur vorübergehende Beziehung. Vom ersten Moment an stand für sie fest, sie würde abtreiben. Was aber würden ihre katholischen Eltern dazu sagen? Sie würde die Tatsache vor ihnen geheim halten müssen. Wenigstens ihrem Bruder würde sie sich anvertrauen können. Und was würde Pino zu einer Abtreibung sagen? Sie hatte den Eindruck gewonnen, auch er sei eher katholisch eingestellt, selbst wenn er sich in dieser Hinsicht ihr gegenüber bedeckt hielt. Sie wusste, sie würde in dieser Sache ziemlich auf sich allein gestellt sein. Der einzige Mensch, dem sie sich bezüglich ihrer Schwangerschaft gänzlich anvertrauen konnte, war Rita. Diese hielt sich jedoch gerade für längere Zeit in Foggia auf, weil eines ihrer Geschwister heiratete. Simona fühlte sich erdrückt. Wieso musste ihr das ausgerechnet jetzt passieren? Wieso hatte Pino nicht aufgepasst? Er war doch sonst so zuverlässig. Oder hatte er sie mit Absicht geschwängert, um sie für immer an sich zu binden? Der Gedanke lauerte in ihrem Kopf, um sich dort als dauerhaftes Misstrauen gegen Pino einzunisten, aber schließlich schüttelte Simona den Kopf und sagte sich, nein, ich vertraue ihm. Dieser neue Gedanke tat ihr gut, gab ihr etwas Halt. Auf die Gefahr hin, dass er versuchen würde, ihr die Abtreibung auszureden, beschloss sie, ihn anzurufen und sich mit ihm zu treffen. Sie musste einfach mit jemandem reden, sie konnte diese Last nicht alleine tragen.

Pino hatte an ihrer Stimme am Telefon gleich erkannt, dass etwas Gravierendes vorlag. Obwohl er gerade für eine wichtige Prüfung büffeln musste, hatte er sofort zugestimmt, sich in einer Bar im Zentrum mit ihr zu treffen. Während sie zum vereinbarten Treffpunkt radelte, gingen ihr tausend Gedanken durch den Kopf. Viele waren eher düster, aber manche fühlten sich auch warm und angenehm an. Pino gab ihr einen Kuss, als sie voreinander standen. Eine Spur ruhiger setzte sie sich mit ihm an einen abseitsstehenden Tisch und erzählte ihm, sie sei schwanger und wie es ihr damit gehe. Er hörte ihr zu, ohne viele Fragen zu stellen, aber sie merkte, seine ganze Aufmerksamkeit war in diesem Moment bei ihr. Auch als sie vorsichtig andeutete, sie werde wohl abtreiben, zeigten seine Augen, in die sie gespannt blickte, keine übertriebene Erschütterung. Sie atmete etwas auf und bestellte sich einen zweiten latte macchiato.

Zwei Wochen später hatte Simona einen Termin in der Abtreibungsklinik. Pino begleitete sie. Je näher der Termin der Abtreibung gerückt war, desto mehr hatte sie sich gegenüber dem Wesen, das in ihr wuchs, in einer Notsituation gefühlt. Sie versuchte, sich von diesem Gefühl nicht vereinnahmen, nicht auffressen zu lassen, was ihr schließlich auch gelang. Dafür tauchte ein neuer Gedanke auf. Sie war Anfang dreißig und hätte sich den Vater eines möglichen eigenen Kindes ganz anders vorgestellt als Pino. Vielleicht hing sie unbewusst immer noch dem Typ Mathias nach. Doch was wäre, wenn sie auch in den folgenden Jahren keinen Mann wie Mathias fände? Würde sie dann eventuell kinderlos bleiben, hätte sie dann ihre einzige Chance verspielt, Mutter zu werden? Der Gedanke hatte etwas stark Beängstigendes an sich. Am Ende war sie bei ihrer ursprünglichen Entscheidung geblieben. Es standen der Austragung des Kindes zu viele gewichtige

Gründe entgegen. Simona fühlte sich trotzdem seit Tagen ausgelaugt von dem Gewicht all dieser Überlegungen und Gefühle. Als sie jetzt am Haupteingang des Krankenhauses stand, fiel ihr ein, auch Rita, die inzwischen aus Foggia zurückgekehrt war, hatte sie in ihrem Entschluss zur Abtreibung bekräftigt. Gleichzeitig hatte sich ihre Freundin die Bemerkung nicht verkneifen können, sie wäre gerne *zia*, Tante, geworden. Vielleicht war es dieses kleine Wort, das Simona in diesem Moment in Pinos Arme sinken und bitterlich weinen ließ.

Annamaria war ein süßes Baby. Seine Großeltern liebten es vom ersten Moment an. Sie besaßen ein Grundstück am Rande von Bologna, das dem Vater von Simonas Vater gehört hatte und das vor kurzem als Bauland deklariert worden und in seinem Wert stark gestiegen war. Jetzt verkauften die Eltern dieses Grundstück und überwiesen das Geld auf das Konto ihrer Tochter. Simona und Pino kauften sich von dem Geld und den Ersparnissen, die auch seine Eltern ihnen hatten zukommen lassen, eine kleine Wohnung in der Nähe des Ospedale Maggiore, wo Annamaria geboren worden war. Damit Simona ihr Studium abschließen konnte, hatte Pino sich bereit erklärt, sich die ersten zwei, drei Jahre hauptsächlich um das Kind zu kümmern. Das bedeutete eine enorme Erleichterung für Simona.

Ihre *tesi di laurea*, ihre Abschlussarbeit, schrieb sie zu dem damals noch wenig behandelten Thema Angehörige von psychisch Kranken. Professor Giovene zeigte sich angetan von ihrer Arbeit und schlug vor, eine Zusammenfassung in einer psychologischen Fachzeitschrift zu veröffentlichen, deren Mitherausgeber er war. Simona war eigentlich nur froh, das Studium hinter sich zu haben. Ihr war während des Schreibens an ihrer *tesi* bewusst geworden, das Fach Psychologie hatte ihr nicht nur geholfen, ihre traumatische Trennung von Mathias zu verarbeiten, sondern ihre tiefe Liebe zu Mathias und deren Ende hatten sie auch befähigt, ein tieferes Verständnis ihres Studienfaches zu erlangen. Obwohl das Baby und die wider Erwarten dauerhafte Liebe zu Pino ihr ein ganz neues Lebensgefühl gaben, das wie ein Wasserfall durch ihre Seele rauschte, hatte sie den Eindruck, Teile ihres Selbst klafften noch immer weit auseinander, hätten noch nicht zu einer neuen Harmonie gefunden. Aber vielleicht war das mit der Harmonie auch eine Illusion. Vielleicht würde sich diese Harmonie, die sie ansatzweise in den ersten Jahren mit Mathias empfunden hatte, nie wieder einstellen. War das nicht sogar wahrscheinlich? War das Leben überhaupt auf eine solche Harmonie eingerichtet oder gehorchte es nicht viel mehr anderen, teilweise grausamen Gesetzen? Doch ehrlich gesagt hatte sie für all solche Gedankengänge momentan keine Muße. Sie hatte eine Familie zu ernähren.

Professor Giovene kannte den Chefarzt der psychiatrischen Abteilung im Ospedale Maggiore und zum 1. März 1995 erhielt Simona, die mit ihren fast 32 Jahren dem Risiko ausgesetzt war, auf dem Arbeitsmarkt nicht mehr Fuß fassen zu können, dort eine zunächst befristete Stelle. Ein Teil ihrer Arbeit sollte der Betreuung von Angehörigen dienen, aber die tagtägliche Arbeit mit den Patienten nahm so viel Raum ein, für jene Aufgabe blieb kaum Zeit. Simona bedauerte dies, wunderte sich aber nicht sonderlich darüber. Ihre Arbeit war sehr anstrengend, machte ihr jedoch Spaß. Sie hatte Mühe, sich all die kleinen Vorschriften und Abläufe zu merken, die einen Großteil ihrer Tätigkeit ausmachten. Trotzdem hatte sie das Gefühl, endlich etwas Nützliches und Konkretes tun zu können. Ihr Studium war viel Theorie gewesen. Ja, sie hatte versucht, sich als Mechanikerin der Seele zu begreifen und sich schon an der Universität praktische Methoden im Umgang mit den Patienten anzueignen. Dennoch war der Zusammenstoß mit der Krankenhausrealität noch heftiger als erwartet und stellte sie vor viele ungeahnte Probleme. Wenn sie abends nach Hause kam, hatte sie kaum mehr die Kraft, sich einen Moment ihrer schon bettreifen Tochter zu widmen. Auch Simona ging früh ins Bett. Oft fielen Kollegen aus und sie musste für sie einspringen. Sie war im Vergleich zu ihren Kollegen jung und hatte nur ein Kind. Da erwartete man besonderen Einsatz von ihr. Der Stress im Krankenhaus war so groß, dass sie jetzt gelegentlich mit den Kollegen in der Raucherecke eine Zigarette rauchte. Andererseits merkte sie mit der Zeit, die Vorgesetzten schanzten ihr gerne die unangenehmen Arbeiten zu, die sie selbst nicht machen wollten. Hätte sie eine feste Stelle gehabt, hätte sie sich vielleicht beschwert. Da nie sicher war, ob ihr Vertrag verlängert würde, musste Simona stillhalten. Ihr Gehalt reichte für die Wohnnebenkosten, die Lebensmittel für Pino, Annamaria und sie und für Kleidung, Windeln und Spielzeug für ihre Tochter.

Nach einigen Monaten kam auch Rita auf ihre Station. Durch diese Präsenz fühlte sich Simona stärker und widerstandsfähiger gegenüber ihren Kollegen und Vorgesetzten. Bisher hatte sie sich als Einzelkämpferin gesehen, die wenig Aussichten hatte, nach vorne zu kommen. Zu zweit hatten sie bessere Chancen. Simona und Rita hielten zusammen wie Pech und Schwefel und bald gab es, so empfanden sie es zumindest, gegen ihre gemeinsame Kraft kein Ankommen mehr. Der Chefarzt, der früher der KPI angehört hatte, aber nach dem Fall des Eisernen Vorhangs etwas verloren wirkte, hatte die neue Stärke von Simona und Rita bemerkt und fing an, die

Karriere der beiden zu fördern, was jedoch den Neid und den Widerstand der alteingesessenen Ärzte hervorrief. Simonas euphorische Phase endete abrupt und nach einigen Wochen sagte sie zu Rita, sie halte es in dieser Schlangengrube nicht aus und werde sich nach einer anderen Arbeit umsehen. Rita, die sich an dem Vorbild ihrer kämpferischen Mutter orientierte und in ihrem Leben schon viele harte Auseinandersetzungen ausgestanden hatte, redete auf Simona ein, sie dürfe auf keinen Fall aufgeben und wo sie Widerstand spüre, gebe es auch etwas zu holen. Solange der Chefarzt auf ihrer Seite stehe, werde man ihnen außerdem nicht kündigen.

Simona war und blieb keine große Kämpferin, aber sie bemühte sich nach Kräften, dem Ratschlag Folge zu leisten. Sie empfand trotzdem ein gewisses Unwohlsein bei dem Gedanken, gegenüber anderen grob sein zu sollen. Das hatte man ihr nicht in die Wiege gelegt. Sie sah, es gab keine andere Möglichkeit, wenn sie nicht ihr Leben lang untergebuttert werden wollte. Sie musste ihre Zähne zusammenbeißen und auch mal Zähne zeigen. Wenn ihr ein Arzt über den Mund fuhr, lernte sie, sich das nicht gefallen zu lassen. Es reichten ein paar kräftige Erwiderungen von ihrer Seite und die anderen merkten, sie konnte auch anders. Die Kollegen billigten ihr widerwillig den ihr vom Chefarzt zugestandenen Spielraum zu und ließen sie im Übrigen weitgehend in Ruhe. Rita schien zufrieden mit ihr. Sie zitierte immer wieder einen Spruch von Bertolt Brecht, wer sich nicht wehrt, der lebt verkehrt, den jemand auf eine Wand im Berliner Stadtteil Kreuzberg gesprayt hatte und den sie sich anhand ihres mitgenommenen Taschenwörterbuches mühsam übersetzt hatten.

Ihrem Bruder Carlo fiel es viel leichter, sich selbst in Szene zu setzen. Er hatte schon vor Jahren seinen Studienabschluss geschafft und mit Bravour die Zulassungsprüfung als Rechtsanwalt bestanden. Seit ein paar Jahren lebte er in Triest und arbeitete in einer Kanzlei, die sich auf Europarecht spezialisiert hatte. Er sprach inzwischen fließend und fast akzentfrei Deutsch und auch im Englischen konnte er einwandfrei kommunizieren. Er war oft in Österreich, im ehemaligen Jugoslawien oder in Deutschland unterwegs. Ihr Kontakt war in den vergangenen Jahren etwas spärlicher geworden, weil auch er sehr beschäftigt war. Vor zwei Jahren hatte er eine Slowenierin geheiratet und schien mit ihr glücklich zu sein. Simona und ihre Eltern waren zu der Hochzeit in einem kleinen Dorf im Triester Hinterland gefahren und hatten sich bei der Brautfamilie sofort wohl gefühlt. Diese sprach ein sehr gutes Italienisch bzw. besser gesagt einen breiten und gerade noch verständlichen Triester Dialekt. Carlo selbst hatte seinen Bologneser Akzent teilweise abgelegt und redete in dem Tonfall der am östlichen Zipfel Italiens gelegenen Hafenstadt.

Für kommenden Sonntag hatten Carlo und seine Frau ihren Besuch in Bologna angekündigt. Am Telefon hatte seine sonst ruhige Stimme etwas aufgeregt geklungen, als ob er eine wichtige Neuigkeit mitzuteilen habe. Seine Frau erwartete Zwillinge, wie er und sie der Familie schließlich im Garten des Elternhauses auf den Colli erklärten. Simona bereitete es eine besondere Freude, Annamaria würde nun nicht mehr das einzige Enkelkind ihrer Eltern sein.

Die Jahre vergingen. Auch Pino hatte sein Studium inzwischen beendet und arbeitete als Ingenieur in einer Maschinenfabrik an der westlichen via Emilia. Er arbeitete viel, aber jeden freien Moment widmete er seiner Tochter, die sich gegenüber ihrem Vater sehr anhänglich zeigte, während sie zu der Mutter ein etwas distanzierteres Verhältnis hatte. Simona bedauerte das, aber vielleicht war sie einfach zu sehr von ihrer Arbeit absorbiert. Wenn Pino Feierabend hatte, ließ er die Arbeit hinter den Fabriktoren zurück, während Simonas Patienten sie in ihrem Kopf eigentlich rund um die Uhr nicht in Ruhe ließen.

Sie hatte seit der Jahrtausendwende ihre Beziehung zur Natur wiederentdeckt und zu den Pflanzen. An ihren freien Tagen lief sie oft durch den Apennin

und erfreute sich an den wilden Blüten und an großen Bäumen. Manchmal kamen auch Annamaria
und Pino auf diesen Wanderungen mit, aber sie waren beide eher Stadtmenschen, die mit der Natur
nicht so viel anzufangen wussten. Simona hatte zu
Rita gesagt, sie bedaure es, dass ihre Familie ihre Leidenschaft für die Natur nicht teile, aber ihre Freundin hatte ihr trocken geantwortet, damit müsse sie
leben. Nach einer Weile hatte sie verstanden, ihre
Sehnsucht nach einer vollständigen Einheit mit ihrer Familie oder auch nur mit ihrem Partner stand
ihrem Glück mehr im Weg, als dass sie es förderte.

Immer wieder kam Simona während ihrer Wanderungen ins Gespräch mit alten Bauern, die ihr ihre
Geheimnisse über die Steineichen oder ihre Gemü-
segärten erzählten. Simona faszinierte das dialektale
Vokabular, das die Bauern verwendeten. Irgendwann fing sie an, diese Geschichten in ihrem Notizbuch aufzuschreiben. Dann bemerkte sie, auch ihre
Freunde und sogar ihre Kollegen erzählten ihr immer wieder Geschichten über ihre Zimmer- oder
Balkonpflanzen, die sie ebenfalls aufschrieb. Es
schien ihr, als ob die Menschen durch diese Pflanzengeschichten über sich selbst, über ihre Seele sprä-
chen. Viele Menschen hatten langjährige Beziehungen zu ihren Pflanzen und betrachteten sie fast als
Lebensbegleiter, denen sie mehr vertrauten und
mehr erzählten als ihren Mitmenschen.

Simona selbst besaß eine Yuccapalme, die sie vor vielen Jahren Mathias zu seinem Geburtstag geschenkt hatte. Als Mathias nach Deutschland geflüchtet war, hatte er die Pflanze nicht mitgenommen. Auch diese Geste hatte Simona als Verrat empfunden. So wie sie ihn gehasst hatte, hatte sie auch die Pflanze gehasst und ihr nur widerwillig Wasser gegeben. Die Palme war zäh. Trotz der geringen Pflege wuchs und wuchs sie. Schließlich hatte sie die Zimmerdecke erreicht. Sie sah prächtig aus, doch Simona mochte sie nicht. Eines Abends betrachtete sie die zimmerhohe Pflanze mit besonderer Verachtung, holte eine Säge aus ihrem Werkzeugkasten und schnitt den dicken Stamm in etwa 30 Zentimeter Höhe ab. Die kleine Annamaria hatte ihr entsetzt zugesehen. Simona hingegen fühlte sich wie eine Mörderin, die einen unangenehmen und gefürchteten Feind endlich aus dem Weg geräumt hatte. Sie stellte den Topf mit dem Palmenrumpf auf ihren kleinen Balkon und wollte ihn in den folgenden Tagen entsorgen. Sie vergaß die tote Pflanze aber, nur um irgendwann festzustellen, an der unteren Seite des Rumpfes spross ein neuer Trieb. Auch dieser wuchs und wuchs. Notgedrungen musste Simona der Pflanze wieder Wasser geben. Sie ließ sie auf dem Balkon stehen und kümmerte sich so wenig wie möglich um sie. Bald hatte der neue Spross wieder eine Höhe von fast einem Meter erreicht. Das dunkle Grün der Blätter sah majestätisch aus, aber Simona hatte sich mit der Yuccapalme noch immer nicht versöhnt. Es war Februar und ein beißender Frost zog über die Stadt. Die Pflanze starb ein zweites Mal. Ihre nunmehr schlaffen Blätter hingen wie ein Trauerkleid an ihrem Stamm herab. Annamaria machte ihrer Mutter Vorwürfe, sie hätte die Pflanze rechtzeitig in die Wohnung holen müssen. Erst im Frühsommer entfernte Simona die toten Blätter. Wieder wollte sie den Topf in die Mülltonne werfen, doch sie ging nur relativ selten auf den Balkon und vergaß die Pflanze erneut. Ein Jahr später kam Rita zu Besuch. Sie schlug vor, den Kaffee auf dem Balkon zu trinken. Als Simona auf die Yuccapalme schaute, stellte sie fest, es war wieder ein Trieb mit kräftigen jungen Blättern am Fuße des Stammes entstanden. Sie lachte und erzählte Rita die ganze Geschichte. Vor so viel hartnäckigem Lebenswillen müsse man sich verbeugen, meinte ihre Freundin.

Annamaria bestand ihr Abitur mit guten, wenn auch nicht herausragenden Noten. Sie schien unschlüssig, was sie nun machen wolle, aber nachdem sie einige Monate durch Europa und Nordafrika gereist war und wohl einige Abenteuer bestanden hatte, entschloss sie sich, Informatik zu studieren. Sie wohnte noch immer bei ihren Eltern. Das Studium schien ihr Spaß zu machen und wenn sie etwas nicht verstand, wandte sie sich an ihren Vater, während für

Simona Informatik ein Buch mit sieben Siegeln bedeutete.

Auch Carlos Töchter gingen inzwischen auf die Universität. Simonas Bruder war noch immer viel unterwegs in Europa. Wenn er konnte, rief er jetzt abends häufiger seine Schwester an, wenn er wusste, sie hatte keinen Dienst und war zuhause. Sie unterhielten sich über alles Mögliche. Über die Romane oder Sachbücher, die sie lasen; über seine Töchter; über ihre Eltern; über die politische, soziale und wirtschaftliche Lage; über den sich anbahnenden Klimawandel und das nicht minder bedrohliche Artensterben. Ihre Gespräche waren oft von einem tiefen Pessimismus über die Zukunft geprägt, aber sie wollten sich andererseits nicht entmutigen lassen, jede kleine Geste, jeder kleine Verzicht konnte etwas, wenn auch Minimales bewirken. Es machte in ihren Augen auch keinen Sinn, sich nur zu grämen über das, was der Welt bevorstand. Damit nahm man sich nur selbst jegliche Lebensfreude. Man konnte die Risiken für die Menschheit und die Natur nicht leugnen, wie das manche zum Irrationalismus neigende Menschen taten, aber Carlo sagte häufiger, er sei und bleibe Optimist. Das tröstete Simona.

Irgendwann erzählte sie ihm auch von ihrem Notizbuch und ihren Pflanzengeschichten. Die allermeisten Italiener, so Simona, seien bis vor wenigen

Generationen Bauern gewesen und auch die heutigen Generationen hätten eine starke Verbundenheit mit der Erde und dem, was sie hervorbringe. Sie sei Psychologin und Biologin und sehe einen gewissen Zusammenhang zwischen der Seele und den Pflanzen. Sie meine das nicht, wie sie es vor vielen Jahren in einem Gespräch mit ihrem Psychologieprofessor gesagt habe, in einem fast esoterischen Sinne, sondern verstehe darunter die Verbundenheit, die die Italiener, aber sicherlich alle Völker der Welt mit der Pflanzenwelt hätten und die tief in die Seele des Menschen hineinreiche, ohne dass es ihr zukomme, die unendliche und überaus lebendige Vielfalt dieser tiefen Beziehung in einen grauen und erstickenden Theoriebeutel zu stecken. Andererseits werde diese Verbundenheit mit den Pflanzen bei den jüngeren Generationen zunehmend geringer. Zwar riefen viele, man müsse die Natur retten, aber es kennten sich immer weniger Menschen mit der Natur aus. Man müsste, so Simona, das grüne Element in den Menschen wieder zum Sprechen bringen. Deshalb sammele sie diese Geschichten in ihrem Notizbuch.

Carlo schien bewegt von den Ausführungen seiner Schwester und sagte nach einem Moment des Schweigens, ob sie sich vorstellen könne, die Geschichten zu überarbeiten und als Buch zu veröffentlichen. Du bist immer der unternehmerische Mensch gewesen, ich die Kontemplative, erwiderte sie. Ich hätte überhaupt keine Ahnung, wie man praktisch ein solches Buch entwerfen könnte. Außerdem glaube ich nicht, dass meine kleine Sammlung irgendeinen weiteren Kreis an Lesern interessiert. Dafür ist sie zu lokalspezifisch. Gerade das könnte interessant sein, wandte Carlo ein.

Carlos und Simonas Eltern waren alt geworden. Beide waren längst in Rente und verbrachten viel Zeit mit ihren Enkeltöchtern, dem Lesen, Musik hören und imaginären Reisen in die Vergangenheit. Zu Ostern legte der Vater die CDs mit der Johannes- oder der Matthäuspassion ein. Die Kräfte der Mutter hatten stark nachgelassen. Sie konnte nur noch schlecht sehen, so dass sie die meiste Zeit ans Haus gebunden war. Der Vater war rüstiger und pflegte seit einiger Zeit den großen Gemüsegarten, um den sich bisher Simonas Mutter gekümmert hatte. Er pflanzte Tomaten, Kartoffeln, grüne Bohnen, Paprika, Auberginen und viele Salate an, so dass er und seine Frau nur wenig Geld für Lebensmittel ausgeben mussten. In der Nähe standen auch zahlreiche Apfel-, Pfirsich- und Aprikosenbäume. All dieses Obst und Gemüse forderte viel Einsatz und Simonas Vater fühlte sich allmählich zu alt, um all diesen Arbeiten alleine nachzugehen. Simona überlegte lange, ob sie wenigstens einen Teil dieser Gartenarbeit übernehmen könne. Auch sie und ihre Familie hatten viele Jahre von den Erzeugnissen des Gartens profitiert und es schien ihr nur gerecht, dass auch sie jetzt ihren Beitrag leiste. Wie immer war sie etwas skeptisch, ob ihr Daumen tatsächlich grün genug sei, um die tausend Details einer solchen Aufgabe zu bewältigen. Zudem waren ihre Bemühungen, ihre Arbeitszeit zu reduzieren, bisher nicht erfolgreich gewesen. Sie arbeitete weiterhin in Vollzeit und hatte teilweise noch Schichtdienst, obwohl sie schon Mitte 50 war. Wenn sie abends nach Hause kam, war sie oft todmüde und ging früh ins Bett, um am nächsten Tag wieder einigermaßen bei Kräften zu sein. Die vielen psychisch kranken Patienten in ihrer Abteilung forderten ihren ganzen Einsatz. Sie wollte ihre Arbeit gut machen, sie wollte den Patienten helfen, wieder auf die Beine zu kommen, aber sie hatte den Eindruck, die seit vielen Jahren angespannte Lage des Landes wirke sich auch auf das Befinden der Psychiatriepatienten aus. Objektiv musste sie also mehr leisten, doch mit 55 Jahren ließen ihre Kräfte langsam nach. Wenn sie einen freien Tag hatte, nutzte sie ihn, um zu wandern. Sie brauchte diese Zeit für sich. Die Idee, ihre freien Tage in Zukunft mit dem Wässern des Gemüsegartens ihrer Eltern und mit sonstigen Tätigkeiten in diesem Rahmen zu verbringen, behagte ihr eigentlich nicht. Von Pino konnte sie vielleicht ein wenig Unterstützung erwarten, während ihre Tochter zu sehr mit ihrem Informatikstudium beschäftigt war und kaum eine freie

Minute hatte, obwohl Simona der Meinung war, ein bisschen frische Luft, statt immer nur vor dem Computer zu hocken, würde Annamaria guttun. Simona ärgerte sich indes auch ein wenig über Carlo, der so weit weg wohnte und sich kaum in die Frage des Gemüsegartens einbrachte. Er hatte angeboten, er könne Geld für eine Gartenhilfskraft überweisen, doch Vater und Mutter hätten eine solche Lösung auf keinen Fall akzeptiert. Für sie war die Pflege des Gemüsegartens eine Familienangelegenheit, die man nicht in fremde Hände geben konnte. Der Vater widmete ihm oft ein Drittel seines Tages. Das konnte Simona auf keinen Fall leisten. Natürlich liebte sie die Obstbäume und die Gemüsepflanzen im Garten ihrer Eltern, aber sie hatte auch ein eigenes Leben.

Manchmal reizte sie z. B. der Gedanke, mit Pino und Annamaria eine Trekkingtour durch die Rocky Mountains oder durch den Himalaya zu unternehmen, obwohl sie, um die CO_2-Belastung der Atmosphäre nicht noch weiter zu erhöhen, nach Möglichkeit in keinen Flieger mehr steigen wollte. Doch selbst wenn sie sich entschlossen hätte, ihren Vorsätzen untreu zu werden, hatte sie für solche Reisen weder das Geld noch die Kraft.

Carlo musste von Berufs wegen öfters fliegen. Er sagte zu Simona am Telefon, er schäme sich deswegen. Auf einer seiner Reisen hatte er auch in Köln

Station gemacht und Mathias, der jetzt dort arbeitete, besucht. Er hatte eine feste Stelle, war aber sehr unzufrieden mit seiner Arbeit und seinen Vorgesetzten. Er hatte geheiratet, doch ihm war die Verwirklichung des Kinderwunsches versagt geblieben. Er hatte sich von seiner Krise erholt und war froh, in den letzten 30 Jahren nicht noch einmal in eine Klinik gemusst zu haben. Mathias hatte Carlo gesagt, er habe seine Erwartungen an das Leben stark reduzieren müssen, doch er sei eigentlich ganz zufrieden mit sich. Vielleicht war er das wirklich. Simona wusste es nicht einzuschätzen. Carlo meinte jedenfalls, manchmal blitze bei Mathias noch der lebhafte und spielerische Geist aus seinen Studententagen auf.

Als Simona am nächsten Morgen aufwachte, fühlte sie sich munter und frisch. Sie hatte an dem Tag keinen Dienst und freute sich auf ihre Wanderung nach Marzabotto. Jeder geschichtsbewusste Bologneser kannte den Namen dieses kleinen Ortes, in dessen Nähe die Deutschen Hunderte Menschen umgebracht hatten, weil sie sich für Aktionen der Partisanengruppen rächen wollten. Mathias hatte seine *tesi di laurea* eigentlich über dieses Thema schreiben wollen, aber da er sich nicht getraut hatte, seinen Eltern die Wahrheit zu sagen, hatte er am Ende ein gesundheitspolitisches Thema gewählt, das ihn kaum interessierte. Simona war Mathias' Interesse an Marzabotto masochistisch erschienen. Wieso musste er sich immer wieder mit den dunkelsten Seiten der Geschichte seines Landes beschäftigen? Mathias war mehrere Male in Marzabotto gewesen und jedes Mal mit gesenktem Kopf zurückgekehrt. Sie selbst war noch nie dort gewesen, aber heute würde Rita sie in ihrem Auto mitnehmen und sie würden eine große Wanderung in der Gegend machen. Simona steckte Notizbuch und Fotoapparat in ihren Rucksack, nahm einigen Proviant und vor allem zwei Liter Wasser mit. Sie versicherte sich, auch die Wanderkarte in ihren Rucksack gelegt zu haben. Es klingelte an der Tür. Rita wartete unten auf sie. Simona sagte Annamaria, die sich gerade auf eine besonders gefürchtete Mathematikprüfung vorbereitete, das Essen stehe im Kühlschrank und sie könne es sich in der Mikrowelle warm machen. Dann machte Simona die Tür hinter sich zu und lief die drei Stockwerke nach unten.

Es wurde ein bewegender Tag, obwohl er im wörtlichen Sinne ins Wasser fiel. Kurz nachdem sie Bologna verlassen hatten, fing es an wie wild zu regnen. Rita und Simona suchten Unterschlupf in einer heruntergekommenen Bar. Der *cornetto* schmeckte gummiartig und der Cappuccino war nur lauwarm. Draußen hörte es nicht auf zu donnern und zu blitzen. Rita fragte Simona, was sie im Moment besonders beschäftige. Diese wusste noch immer nicht, was sie von Carlos Vorschlag halten sollte, ihr Notizbuch mit den Pflanzengeschichten als Buch herauszugeben, war aber gerade aus diesem Grund an Ritas Meinung interessiert. Sie zog ihr Notizheft aus dem Rucksack und las ihrer Freundin einige Beispiele vor. Beim Vorlesen ging ihr selbst auf, ihr Bruder hatte Recht: Die Geschichten waren interessant. Es fing bereits an zu dämmern und hatte längst aufgehört zu regnen, als Rita und Simona ihre Diskussion über ein Buchkonzept schließlich beendet hatten. Die *Pflanzengeschichten aus Bologna und dem Apennin*, die einige Monate später bei einem kleinen Bologneser Verlag erschienen, wurden sogar in der römischen Repubblica wohlwollend besprochen und ein unerwarteter Erfolg. Ihre Leser verlangten bald nach neuen Geschichten, die die Autorin ihnen auch lieferte. Woher sie die Zeit und die Energie nahm, um auch diese neue Herausforderung zu bewältigen, war ihr selbst rätselhaft.

Als ihr Chefarzt, der ihre Anträge auf Teilzeit stets abgelehnt hatte, endlich in Rente ging, fragte Simona dessen Nachfolger, ob er ihrer Arbeitszeitreduzierung zustimme. Zu ihrer Überraschung rannte sie bei ihm eine offene Tür ein. Nachdem sie sein Büro verlassen hatte, rief sie sogleich Pino an, der versprach, auf dem Weg von der Arbeit eine Flasche Champagner mitzubringen.

Nicht nur fühlte sich Simonas Leben nach der Bewilligung der Teilzeit leichter an, sondern durch ihre Buchveröffentlichung waren auch ihre Zuneigung für die Pflanzen und ihre Liebe für die menschliche Seele vereint worden. Mathias hatte sie von ihrem Weg der Biologie abgebracht, ihr jedoch indirekt einen neuen Weg, den der Psychologie, eröffnet. Nun kam dieser neue Weg endlich mit dem zusammen, von dem sie ausgegangen war. Mit anderen Worten: Sie fühlte sich wieder als ganzer Mensch. Als sie auf dem Balkon die Yuccapalme goss, schien ihre alte Frage, ob das Überleben dieser Pflanze irgendeine symbolische Bedeutung für sie habe, eine Antwort gefunden zu haben.

Es blieb die Frage, woher sie neue Pflanzengeschichten nehmen sollte, nach denen ihre Leser verlangten, denn ihr Vorrat ging langsam zur Neige. Rita unterbreitete ihr eine Idee, die Simona Angst machte, weil sie sich deren Umsetzung nicht zutraute. Ihre Freundin hatte gemeint, sie solle eine eigene Praxis aufmachen, sozusagen eine Pflanzengeschichtenpraxis. Wenn die Menschen ihr dort ihre Pflanzengeschichten erzählten, könne dies ein Türöffner für eine eingehendere therapeutische Behandlung sein. Simona leuchtete die Idee theoretisch ein, aber eine eigene Praxis zu eröffnen, hatte sie sich bisher nie zugetraut. Sich in ihrem Alter auf die Herausforderung der Selbstständigkeit einzulassen, schien ihr mehr als gewagt. Andererseits besaß Ritas Idee ein Flair, das sie trotz ihrer Bedenken, trotz ihrer Ängstlichkeit reizte. Simona sprach mit ihrem Lebenspartner – geheiratet hatten sie nie - über diese Idee. Seine ursprüngliche Skepsis gegenüber Seelenklempnern hatte er schon lange aufgegeben, weil er durch ihre vielen Erzählungen von der Krankenhausarbeit sah, welche Ausdauer es erforderte, um bei psychisch kranken Menschen auch nur einen kleinen Fortschritt zu erzielen. Seine eigene Arbeit kam ihm dagegen fast unbedeutend vor, auch wenn Simona das vehement bestritt. Er schien einen Moment nachzudenken über den Vorschlag, den Simona ihm unterbreitet hatte, dann fingen seine Augen an zu leuchten. Sie war überredet.

Rita und Pino standen ihr mit Rat und Tat zur Seite. Sonst wäre das Projekt schon in den ersten Wochen gescheitert. Je mehr es voranschritt, desto mehr fühlte sich Simona hin und her geworfen zwischen ihren nur langsam abnehmenden Bedenken auf der einen und ihrer erst allmählich zunehmenden Begeisterung auf der anderen Seite. Als sie schließlich ihre Stelle im Krankenhaus nach beinahe 30 Jahren kündigte, bibberte ihr Herz vor Panik. Simona hatte große Angst, irgendetwas Entscheidendes übersehen zu haben, so dass ihr Vorhaben in einem Fiasko enden würde. Sie hatte sich entschieden, ein altes Gewächshaus als ihre Praxis einzurichten. Sie wollte damit ihre Offenheit unter Beweis stellen. Die Pflanzen, die sie in ihrer Praxis aufzustellen beabsichtigte, bräuchten Licht und Pflanzengeschichten erzählte man am besten an der freien Luft oder jedenfalls bei viel Tageslicht. Annamaria hatte für sie alle elektronischen Geräte gekauft und mit der notwendigen Software ausgestattet. Nachdem sie dem Beruf ihrer Mutter viele Jahre skeptisch gegenübergestanden hatte, schien sie nun stolz auf deren Vorhaben zu sein. Simona dachte ein paar Mal, selbst wenn ihr Projekt scheitern sollte, so wäre diese stille Anerkennung durch ihre Tochter die ganze Mühe wert gewesen. Zur feierlichen Eröffnung ihrer Praxis kamen ihre Familie, ihre Freunde und viele ihrer treuen Leser. Alle wünschten ihr Erfolg bei ihrem Projekt. Die Lokalzeitung Il Resto del Carlino lobte die gewagte Offenheit der Praxis, die von allen Seiten einsehbar sei.

Simona hatte eine junge Assistentin namens Jessika Baldini engagiert, die das Frontoffice und die sonstige Büroarbeit erledigen sollte und etwa so alt war wie Annamaria. Jessika hatte einen deutschen Vornamen, weil ihre Mutter aus Deutschland stammte. Sie war aber in Bologna geboren und fühlte sich als hundertprozentige Bologneserin. Wenn sie sprach, hörte man deutlich ihren Emilianischen Akzent. Beim Vorstellungsgespräch war sie Simona pfiffiger und gleichzeitig eifriger erschienen als die anderen

Bewerberinnen. Simona freute sich auf die Zusammenarbeit und fühlte sich ihr gegenüber fast in einer Mutterrolle.

In den ersten Tagen kamen bereits zahlreiche Patienten, die die kostenlose Probestunde wahrnehmen wollten, aber Simona dachte, es könnten noch mehr werden. Es wurden von Tag zu Tag jedoch weniger, bis fast niemand mehr kam. Simona geriet in Panik. War dies das Fiasko, das sie befürchtet hatte? Sie fragte Pino, Rita und Carlo und andere Freunde, was sie machen könne. Hätte sie die Stelle im Krankenhaus doch als Sicherheitsanker behalten sollen? Alle meinten, am Anfang sei es schwierig und sie müsse Geduld haben. Doch die Lage verbesserte sich nicht. Da sie nichts zu tun hatte, schien sich Jessika auf ihrem Computer vor allem private Webseiten anzusehen und telefonierte auf ihrem Handy mit ihren Freundinnen. So erfuhr Simona, Jessikas Lebensgefährte war arbeitslos geworden. Um die beiden nicht noch mehr zu ängstigen, sah Simona vorerst davon ab, ihre Assistentin zu mehr Disziplin aufzufordern. Sie war dennoch enttäuscht von Jessika und vertraute ihr nicht mehr. Als sie wenige Tage später hörte, wie sich Jessika am Handy mit ihrem Freund stritt, reichte es ihr. Sie rief die Assistentin zu sich ins Büro und drohte ihr mit Entlassung. Sie unterstellte ihr gar, für den Rückgang der Patientenbesuche verantwortlich zu sein, wenn sie den ganzen Tag privat telefoniere. Jessika verzog sich mit gesenktem Kopf in ihr Empfangsbüro. Simona fragte sich, ob ihre Reaktion übertrieben gewesen, ob sie vielleicht eher ein Zeichen war, dass sie sich wegen der ausbleibenden Patienten selbst stark verunsichert fühlte. Wenig später klopfte Jessika wieder an Simonas Tür. Die Assistentin war den Tränen nah. Simona bat sie, sich zu setzen. Jessika erklärte, ihr Freund liege ihr seit Tagen im Ohr, sie solle sich mehr anstrengen auf der Arbeit. Deshalb hätten sie sich auch gerade gestritten. Er sei der Meinung, sie werde nicht schlecht bezahlt und sie müssten auf jeden Fall für eine Weile mit ihrem Gehalt auskommen. Durch Jessikas Offenheit fasste Simona wieder etwas Vertrauen in ihre Assistentin und fragte sie geradeheraus, was ihr an ihrer Arbeit nicht gefalle. Jessika druckste herum. Die Frage war ihr offenbar peinlich. Schließlich erklärte sie, sie finde die Idee, die Praxis in einem ehemaligen Gewächshaus eingerichtet zu haben, eigentlich aufregend, aber sie fühle sich die ganze Zeit wie auf einem Präsentierteller. Das mache sie aggressiv und unwillig. Die Architektur des Ortes behage ihr einfach nicht. Simona erschien diese Kritik niederschmetternd. Jessika stellte ihr gesamtes Praxiskonzept in Frage. War und blieb sie, Simona, eine Träumerin, die im praktischen Leben keinen Erfolg haben würde? Holte sie das Scheitern ihrer Beziehung mit Mathias wieder ein? Sie sah ihn vor sich. Er war gealtert und trug einen hässlichen weißen Bart, aber er lächelte. Sie musste innerlich lachen, weil sie sich entsann, Mathias hatte in praktischen Dingen ebenfalls zwei linke Hände besessen. Auf einmal wurde ihr bewusst, Jessika hatte Recht. Auch die Patienten fühlten sich hier offenbar wie in einer gläsernen Kugel, die alle ihre Geheimnisse durchschaute und sie in der ganzen Stadt verbreitete. Simona schaute Jessika verblüfft, aber dankbar an. Am nächsten Tag kauften sie helle Vorhänge, die viel Licht für die Pflanzen durchließen und trotzdem nicht einsehbar waren. Jessikas Empfangstelefon stand bald nicht mehr still.

Einige Zeit später saß Simona mit Pino in der Küche. Annamaria war ausgegangen, weil sie mit einer Freundin ins Kino wollte. Simona sagte, im Sommer 1988, als Mathias noch ein normaler Mensch war, sind wir zusammen für eine Woche nach Paris gefahren. In der Nähe des Centre Pompidou gab es ein Kino, das einen Film mit dem Titel *La Vie est un long fleuve tranquille* zeigte. Wir haben uns diesen Film nicht angesehen und ich habe auch keine Ahnung, ob es sich um eine Komödie oder ein Drama handelt oder um was es überhaupt in dem Film geht. Ich weiß auch nicht, ob der Titel eventuell ironisch gemeint ist, aber er ist mir nie aus dem Kopf gegangen. Ich finde ihn wunderschön. Er besitzt für mich vor allem auf Französisch einen nahezu magischen

Klang. Seit einiger Zeit denke ich, auch wenn mein eigenes Leben voller Aufs und Abs gewesen ist, so finde ich mich selbst in diesem Titel wieder.

Pino schwieg einen Moment. Dann sagte er mit leicht bewegter Stimme, erinnerst du dich, was Guccini in seinem Lied über Bologna über diese Stadt gesagt hat?

Das ganze Lied ist eine Ode an Bologna. Welche Stelle meinst du?

Die erste Strophe ist sehr berühmt und jeder kennt sie, aber zu Beginn der zweiten Strophe, die vielleicht nicht mehr jeder im Kopf hat, sagt er: *Bologna ist für mich das kleine Paris der Provinz.*

Ich kann mich an die genauen Worte nicht erinnern, obwohl ich Guccini früher rauf und runter gehört habe, aber sie klingen schön und zutreffend, sagte Simona, und es passt gut zu dem, was ich dir gerade erzählt habe.

Wir beide waren noch nie zusammen in Paris, meinte Pino.

Dann wird es höchste Eisenbahn, erwiderte Simona mit einem Lächeln.

Das Angesicht des Mörders

Erinnerungen an den Fall Bentivoglio

von

Mauro Renzetti

Vor 35 Jahren ereignete sich auf der Piazza Verdi in Bologna ein Mord, der bis heute unvergessen ist. Ich war zu der Zeit Student der Germanistik. Meine Humanistische Fakultät, an der ich heute als Professor unterrichte, liegt nicht weit entfernt vom damaligen Tatort. Durch eine Reihe von Zufällen hatte ich mit den Ermittlungen in dem Mordfall zu tun, der auch in meinem Leben eine Wende markiert hat. Um Zeugnis abzulegen von dieser bewegten Zeit, habe ich diese Erinnerungen verfasst.

Die Premiere der neuen Inszenierung des *Otello* von Giuseppe Verdi im Teatro Comunale war ein großer Erfolg. Die Zuschauer klatschten stehend Beifall und unterhielten sich noch lange im Foyer oder draußen auf der Piazza Verdi über diesen Glücksfall des neuen Bologneser Musikherbstes. Schließlich zerstreuten sich die Zuschauer nach und nach und gingen nach Hause.

Eine letzte Zuschauerin verließ nach Mitternacht, es war also bereits der 8. September, das Teatro und lief über den jetzt menschenleeren Platz. Es gab einen lauten Knall. Die Anwohner der Piazza Verdi, die nach dem Lärm des Abends endlich in den Schlaf gesunken waren, dachten, es sei der defekte Auspuff eines vorbeifahrenden Autos, und schliefen wieder ein.

Ein junger Deutscher namens Mathias Felden, der an der bereits erwähnten Humanistischen Fakultät Zeitgeschichte studierte und mit dem ich befreundet war, lief am nächsten Morgen bei seiner Joggingrunde über den stockdusteren und noch immer menschenleeren Platz im Herzen des Universitätsviertels. Mathias bemerkte einen am Boden liegenden Körper und blieb stehen. Aus seiner Hosentasche zog er eine kleine Taschenlampe hervor. Als Mathias im Schein des schwachen Lichtes die Leiche sah, erschrak er: Der Täter oder die Täterin hatte das auf dem Rücken liegende Opfer frontal in den Kopf geschossen. Es muss sofort tot gewesen sein, dachte Mathias. Er lief zur nächsten Bar in der via dei Bibiena und informierte über ein Münztelefon die Polizei.

Der *questore* beauftragte Andrea Treocchi mit der Leitung der Ermittlungen. Dieser galt als der fähigste und erfahrenste Mordermittler der Bologneser Polizei. Man nannte ihn den Bologneser Columbo, nicht nur seines ihm zugeschriebenen Spürsinnes wegen, sondern weil er wie der US-amerikanische Fernsehkommissar gerne mit einem Zigarrenstummel herumlief.

Das Mordopfer hieß Elisa Bentivoglio, war Doktorandin der Italianistik und stammte aus einer großbürgerlichen Familie. Nach dem Verlassen des Opernhauses hatte sie offenbar zu ihrer elterlichen Wohnung in der Nähe der Piazza Maggiore gehen wollen, denn die Leiche lag in Richtung des Weges zu den due torri. Der Täter musste sich vor sie gestellt und sie kaltblütig erschossen haben. Vermutlich war alles sehr schnell gegangen. Elisa hatte nicht um Hilfe schreien können. Oder sie hatte den Mörder gekannt und sich sicher gefühlt. Der Pförtner des Teatro Comunale gab an, er habe das Opernhaus als Allerletzter gegen null Uhr dreißig durch einen Seitenausgang verlassen und von dem tödlichen Pistolenschuss nichts wahrgenommen, da er über seinen Walkman laute Rockmusik gehört habe.

Elisas Vater war ein stadtbekannter Bauunternehmer. Der öffentliche Verdacht richtete sich zunächst auf ihn, denn er hatte seine Tochter in der Öffentlichkeit mehrfach mit rüden Worten attackiert. Er war nicht einverstanden gewesen, dass sie ein Fach wie Italianistik studierte und auf keinen Fall in seine Fußstapfen treten wollte, wie er es sich gewünscht hatte. Offenbar hatte der Vater auf gewisse Sticheleien seiner Tochter auch mit Gewaltandrohungen reagiert. Er hatte jedoch ein Alibi. Zur Tatzeit befand er sich bei seiner Geliebten, wie er freimütig zugab. Jene bestätigte seine Aussage.

Das Ehepaar Bentivoglio war seit Jahren zerstritten. Elisas Mutter hatte wenige Tage vor der Ermordung ihrer Tochter während eines nächtlichen Streits versucht, ihren Ehemann zu erschießen. Der Schuss hatte seine rechte Schulter gestreift. Bei ihrem Verhör gab Elisas Mutter an, ihr verletzter Mann sei in Todesangst auf die Straße geflohen. Sie habe die Pistole, die eigentlich ihm gehörte, vor Schreck aus dem Hochparterrefenster ihrer Wohnung geworfen und von der Straße den Schrei eines wohl jungen Mannes gehört. Auch Elisas Vater gab an, als er auf die Straße geflohen sei, habe er einen jungen Mann in einiger Entfernung davoneilen sehen. Als wenig später die Polizei eintraf, so die Mutter, sei die Straße menschenleer und die Pistole verschwunden gewesen. Die ballistische Untersuchung ergab, das Profil der Kugel, mit der Elisas Mutter die Schulter ihres Mannes getroffen hatte, stimmte mit dem der Kugel überein, die man aus Elisas Kopf entfernt hatte. Ihre Mutter kam als Täterin ebenfalls nicht in Frage, denn zur Tatzeit befand sie sich im Gefängnis. Ihre Aussage über den Tathergang und das Verschwinden der Tatwaffe schätzte Kommissar Treocchi als glaubwürdig ein. Doch wer hatte in der dunklen Straße die Waffe, mit der dann wahrscheinlich Elisa erschossen worden war, an sich genommen? Die Polizei suchte fieberhaft nach diesem jungen Mann. Weder Elisas Mutter noch der Vater konnten eine Beschreibung von ihm geben. Sie erklärten jedoch, Elisa habe zahlreiche männliche Verehrer gehabt, die sich nicht gescheut hätten, zu jeder Tages- und Nachtzeit um den Palazzo der Bentivoglios herumzulungern. Die Eltern waren überzeugt, man müsse den Mörder ihrer Tochter unter diesen Taugenichtsen suchen. Die Polizei konnte einige der jungen Männer ausfindig machen, aber ihre Befragung führte die Ermittlungen nicht weiter. Elisas Mutter sagte aus, ihre Tochter habe ein Tagebuch geführt. Dieses hätte möglicherweise mehr verraten über den Täter, den Treocchi tatsächlich unter Elisas Verehrern vermutete. Zwar wusste die Mutter, wo Elisa ihr Tagebuch normalerweise versteckte; aber an dieser Stelle war es nicht zu finden und auch sonst nirgendwo.

Die Tatwaffe konnte ebenfalls nie gefunden werden. Über einen Cousin, der ein Mitarbeiter von Treocchi war, erhielt ich Informationen über die Mordermittlungen, bevor sie in der Presse publik wurden. Mein Cousin war jedenfalls überzeugt, eines Tages werde die Tatwaffe wieder auftauchen und mit diesem Beweisstück werde man den Täter dingfest machen können.

Der Mordfall hatte auch unter den Studenten und Professoren für großes Aufsehen gesorgt. Viele fragten sich, ob der Täter sich bald ein neues Opfer suchen werde, obwohl Treocchi öffentlich erklärt hatte, es sei unwahrscheinlich, dass es sich um einen Serientäter handele.

Meine Freundin Maria Grazia Nobile, mein bester Freund Renato Guarnieri und ich studierten damals Germanistik. Unsere Professorin Anna Marinotti war die Tochter eines kalabrischen Fabrikarbeiters bei Volkswagen in Wolfsburg und von einer, wie wir fanden, nahezu deutschen Gewissenhaftigkeit und Moralität. Wir hatten an ihren nordischen Unterrichtsmethoden großen Gefallen gefunden. Maria Grazia und ich waren in Bologna aufgewachsen und schon seit dem Gymnasium ein unzertrennliches Paar, während Renato aus Bozen stammte. Seine Eltern besaßen ein florierendes Bekleidungsgeschäft im Zentrum der Südtiroler Stadt und außerdem verschiedene Mietshäuser.

Anna war empört über diesen Mord und klagte öffentlich in einer Vorlesung darüber, die Polizei sei ineffizient und komme mit den Ermittlungen nicht voran. Sie mutmaßte gar, jemand wolle den Mörder decken. Renato und Maria Grazia nahmen ihre Äußerungen, die an der ganzen Universität für Aufsehen sorgten, zum Anlass, um mir vorzuschlagen,

eigene Nachforschungen über den Mord an Elisa anzustellen. Ich blieb zögerlich, aber schließlich ließ
ich mich von ihrem „Enthusiasmus" anstecken.
Anna konnten und wollten wir von unserem Vorhaben nichts erzählen. Sie hätte uns davon abgehalten.

Renato und ich hörten uns zunächst unter unseren
Kommilitonen um. Einer sagte uns, er habe von einem Freund gehört, Annas Assistent sei womöglich
mit Elisa liiert gewesen. Wir waren von dieser Aussage konsterniert und hielten sie zunächst für unglaubwürdig, aber nachdem wir eine Weile darüber
diskutiert hatten, setzte sich Maria Grazia auf die
Fährte von Annas Assistenten. Er hieß Mario
Pomelo und war uns unsympathisch. Er war erst
Anfang dreißig und machte öfters Studentinnen aus
unserem Kurs an. Es hieß, einige seien mit ihm ins
Bett gegangen, in der Hoffnung, bei der Prüfung
eine gute Note zu erhalten. Mario Pomelo war kein
sehr intelligenter Mann und wirkte oft gedankenverloren. Man sagte ihm nach, er habe ein Alkoholproblem. Sein Unterricht galt im Übrigen als fad.
Weswegen Anna ihn als ihren Assistenten ausgewählt hatte und weswegen er bei den Frauen einen
solchen Erfolg hatte, blieb uns rätselhaft.

Maria Grazia fädelte es ein, dass Pomelo sie zum
Abendessen einlud. Sie sprachen zwei Stunden über
Nebensächlichkeiten. Während sie sich schließlich

die Dessertkarte anschaute, fragte sie ihn beiläufig, ob er sich die Inszenierung des *Otello* im Teatro Comunale angesehen habe. Pomelo hatte bereits vier oder fünf Glas Rotwein getrunken und prahlte in diesem Zustand geradezu damit, er sei bei der Premiere der Oper dabei gewesen. Maria Grazia fragte ebenso beiläufig, ob das nicht der Abend gewesen sei, an dem Elisa Bentivoglio erschossen worden sei. Pomelo wurde rot. Um ihn zu beruhigen, fragte Maria Grazia, ob ihm die Inszenierung denn wenigstens gefallen habe. Nein, sie habe ihm nicht gefallen, erklärte er jetzt trotzig, er sei in der Pause nach Hause gegangen.

Maria Grazia begleitete den betrunkenen Assistenten zu seiner Wohnung, machte sich dann aber geschickt von ihm los. Sie fragte am folgenden Tag mehrere Nachbarn, ob sie etwas über ihn wüssten. Eine *vecchia* erklärte Maria Grazia, sie sitze nachts oft am Fenster, weil sie schlecht schlafen könne, und schaue hinaus. Vor einiger Zeit sei Pomelo spät in der Nacht nach Hause gekommen, aber nicht wie sonst immer in Frauenbegleitung, sondern er habe sehr aufgewühlt gewirkt und seinen Kopf hängen lassen, was er sonst nie tue. Die alte Frau konnte sich nicht an den genauen Tag erinnern, aber es sei schon ein paar Wochen her.

Maria Grazia konnte es kaum erwarten, Renato und mir diese Neuigkeiten mitzuteilen. Wir trafen uns in unserer bescheidenen Osteria am Ende der Strada Maggiore. Renato und ich hörten unserer Freundin atemlos zu. Sie habe es im Gefühl, so Maria Grazia, Pomelo habe dieses merkwürdige Verhalten, von dem die alte Frau erzählt habe, in der Mordnacht gezeigt. Sie habe auch beim Portier des Teatro Comunale nachgefragt, ob an dem fraglichen Abend jemand vorzeitig die Vorstellung des *Otello* verlassen habe. Der Portier habe energisch den Kopf geschüttelt. Wir waren erschüttert und gleichzeitig fast erleichtert, dass sie womöglich einen Mordverdächtigen ausgemacht hatte. Wir diskutierten lange, was wir nun tun sollten. Die Sache schien uns zu heiß, als dass wir auf eigene Faust weiterermitteln konnten. Ich rief am nächsten Morgen meinen Cousin an. Wir verabredeten einen Termin bei Hauptkommissar Andrea Treocchi. Zwei Tage später wurde Mario Pomelo verhaftet.

Als Anna erfuhr, dass unsere Ermittlungen der Grund für die Verhaftung ihres Assistenten waren, war sie unglaublich wütend auf uns, die wir ihr diesen Schlamassel eingebrockt hatten. Sie hatte sich durch ihre Aussagen exponiert und befand sich nun in einer schwierigen Lage.

Hauptkommissar Treocchi erklärte bei einer übervollen Pressekonferenz, Pomelo habe gestanden, mit der Ermordeten liiert gewesen und an dem Abend mit ihr in die Oper gegangen zu sein. Unmittelbar nach dem Ende der Vorführung sei er nach Hause gegangen, so der Verhaftete, während Frau Bentivoglio sich im Foyer noch mit Bekannten unterhalten habe, die noch nicht hätten ermittelt werden können. Nach Aussage eines anderen Zeugen, so Treocchi, sei es im Teatro Comunale in der Pause der Opernaufführung zu einer Auseinandersetzung zwischen Frau Bentivoglio und Herrn Pomelo gekommen. Es deute vieles auf eine Beziehungstat hin, erklärte der Hauptkommissar, der während der Pressekonferenz, so der Bericht im Resto del Carlino, zufrieden auf seinem Zigarrenstummel herumgekaut habe.

Einige Monate später kam es zum Prozess gegen Pomelo. Er war im Gefängnis stark abgemagert und schien ein Schatten seiner selbst. Selbst diejenigen, die von seiner Schuld überzeugt waren, zeigten Mitleid mit ihm. Pomelo beteuerte seine Unschuld. Am Ende wurde er aus Mangel an Beweisen freigesprochen. Seine Stelle an der Universität hatte eine andere Assistentin übernommen.

Obwohl Maria Grazia die Ermittlungen gegen Pomelo erst ins Rollen gebracht hatte, war sie nach einer Weile überzeugt, er sei unschuldig. Wir hatten dem Prozess beigewohnt. Wenn Pomelo der Täter war und Elisa aufgrund einer Auseinandersetzung während der Pause der *Otello*-Aufführung ermordet hatte – sie hatte ihm mitgeteilt, ihre Beziehung sei für sie beendet –, wenn der Mord also aus einem spontanen Entschluss entstanden war, wieso sollte Pomelo die Pistole, wenn er sie denn besessen hätte, an dem Abend mit in die Oper genommen haben? Gerade die Pistole deute auf eine länger geplante Tötungsabsicht hin. Renato und ich blieben überzeugt, Pomelo sei der Mörder, auch wenn die Beweise gegen ihn für eine Verurteilung nicht ausgereicht hatten.

Eines Tages rief mich Renato an. Er treffe sich in einer Stunde mit einem Zeugen, der nach dem Schuss von Elisas Mutter auf ihren Mann den davoneilenden jungen Mann und wahrscheinlichen Mörder von Elisa gesehen habe und ihn auch beschreiben könne. Renatos Stimme klang sehr aufgeregt. Ich wollte mit zu dem Treffen kommen, aber er lehnte ab. Der Zeuge sei ängstlich und fürchte sich vor den Folgen einer Aussage. Er wolle sich vorläufig nur ihm, Renato, offenbaren.

Am nächsten Abend warteten Maria Grazia und ich in unserer Osteria vergeblich auf unseren Freund und machten uns große Sorgen. Schließlich gingen wir wieder nach Hause. Dort fand ich ein Telegramm von Renatos Vater vor: Renato habe einen schweren Verkehrsunfall gehabt und befinde sich im Ospedale Maggiore. Ob er überleben werde, sei unsicher. Ich rannte die Treppe von meiner Wohnung im dritten Stock hinunter, nicht ohne dass eine Nachbarin mir genervt hinterherrief, den ganzen Abend habe das Telefon in meiner Wohnung geschrillt.

Von Maria Grazias Wohnung, die nicht weit entfernt lag, nahmen wir ein Taxi zum Krankenhaus, obwohl uns das normalerweise ein nahezu ungehöriger Luxus erschienen wäre. Als wir gegen Mitternacht im Ospedale eintrafen, lag Renato noch im Operationssaal. Wir setzten uns auf eine Bank und waren so beklommen, dass wir kein Wort miteinander wechselten. Etwa drei Stunden später sagte uns der Chirurg, der erschöpft und traurig aussah, Renatos Leben sei gerettet, aber ein Blutgerinnsel im Kopf habe großen Schaden angerichtet. Renato werde ein Pflegefall bleiben. Wir fragten naiverweise, wann wir mit ihm reden könnten. Er werde nicht mehr sprechen können, so der Arzt.

Dieser fuhr fort, Renato sei mit dem Fahrrad von seiner Wohnung auf einer Nebenstraße unterwegs gewesen. Ein zu schnell fahrender Autofahrer habe ihn übersehen und gerammt. Renato sei mit dem

Kopf auf den Asphalt geprallt und habe sich nicht mehr gerührt. Der Unfallfahrer sei in seinem Auto geflüchtet. Alles sei sehr schnell gegangen. Der einzige Zeuge des Unfalls, ein alter Mann, sei gehbehindert und es habe gedauert, bis er in der wenig bewohnten Gegend jemanden gefunden habe, der den Notarzt alarmieren konnte. Wertvolle Zeit sei verstrichen, bis Renato ins Krankenhaus gekommen sei. Maria Grazia und ich schauten uns in die Augen. Wir waren sicher, der Mörder von Elisa hatte auch Renatos schweren Unfall verursacht.

Nachdem unser Freund die Intensivstation verlassen hatte, wurde er nach einigen Wochen in einem Krankenwagen nach Bozen in das Haus seiner Eltern gebracht. Diese hatten das Wohnzimmer in der Zwischenzeit zu einem Krankenzimmer umbauen lassen. Sie hatten ihr gutlaufendes Bekleidungsgeschäft in der Altstadt aufgegeben, um sich ganz der Pflege ihres verunglückten Sohnes zu widmen. Das tun sie bis heute. Ich habe Renato oft besucht und den Autofahrer viele Male verflucht, der ihm dieses Schicksal bereitet hat. Der Mann konnte nie ausfindig gemacht werden. Das Auto wurde einige Kilometer vom Unfallort entfernt gefunden und war als gestohlen gemeldet. Diese Tatsache hat Maria Grazia und mich noch mehr in dem Verdacht bestärkt, es habe sich keineswegs um einen Unfall gehandelt.

Maria Grazia schien von Renatos tragischem Schicksal noch stärker betroffen als ich. Ich erklärte, ich wolle mich vor allem auf die Suche nach diesem Zeugen machen, von dem Renato am Vorabend seines Unfalls gesprochen hatte. Wir hatten leider keinerlei Anhaltspunkte. Ich hatte auch Renatos Wohnung schon vergeblich nach Aufzeichnungen durchsucht, die uns hätten weiterhelfen können.

Nach einer gefühlten Ewigkeit, seitdem wir ein Paar geworden waren, lebten Maria Grazia und ich erst seit wenigen Tagen in einer gemeinsamen Wohnung. Wir hatten unser Zusammenziehen schon seit längerem geplant und waren traurig, dass diese eigentlich schöne Tatsache in eine solch schlimme Zeit fiel. Besonders Maria Grazia hatte sich auf unsere gemeinsame Wohnung gefreut, doch neben der Sorge um Renato und der Enttäuschung über die in ihren Augen bisher ergebnislose Suche nach dem Mörder von Elisa schien sie noch etwas anderes zu beunruhigen. Als ich nach dem Grund fragte, gab sie mir nach einigem Zögern eine Antwort, die ich für absurd hielt und nicht akzeptieren konnte. Ich merkte jedoch, sie hegte die geäußerten Gedanken schon lange, hatte sie bisher aber sorgsam vor mir verborgen gehalten.

Eines Abends stand Maria Grazia plötzlich von ihrem Stuhl auf und sagte, sie wolle für einige Tage ans

Meer fahren. Wir kannten einen Strand in der Nähe von Grosseto in der Toskana, wo wir schon einige Male gewesen waren. Am nächsten Morgen ist meine Freundin abgefahren. Ihre letzten Worte, bevor sie am Hauptbahnhof in den Zug stieg, stießen mich erneut vor den Kopf. Sie meinte, im Übrigen halte sie Renatos Aussage, er wolle sich mit einem Zeugen treffen, der den Täter identifizieren könne, für einen Bluff, um eben diesen Täter in eine Falle zu locken. Ich hatte in dem Moment den Eindruck, Maria Grazia habe ihre bisherige Meinung über den Haufen geworfen und nunmehr eine feste Vermutung, wer dieser Täter sei.

Vier Tage später erhielt ich einen Anruf von Maria Grazias Mutter: Ihre Tochter sei verschwunden. Ich wollte es nicht glauben. Obwohl wir sofort eine Vermisstenanzeige aufgaben, selbst an allen erdenklichen Orten nach ihr gesucht und alle ihre noch so entfernten Bekannten zu ihrem möglichen Verbleib befragt haben, konnten wir bis heute nie wieder eine Spur von ihr finden.

Hat der Mörder von Elisa, der ja auch Renatos Leben zerstört hat, ebenso Maria Grazia auf dem Gewissen? Hatte sie etwas entdeckt, was dem Mörder gefährlich werden konnte? Kurz vor ihrer Abfahrt in die Toskana hatte Maria Grazia sich mit einer Reihe unserer Kommilitonen getroffen. Nach ihrem Verschwinden suchte ich diese auf, um vielleicht auf eine Spur über ihren Verbleib zu stoßen. Einer von ihnen, der auch eng mit Renato befreundet war, hatte ihr erzählt, Renato habe offenbar die Telefonnummer des ehemaligen Assistenten von Anna, Mario Pomelo, ausfindig gemacht und ihm von seinem bevorstehenden Treffen mit dem vermeintlichen Zeugen berichtet. Hatte Renato also versucht, Pomelo in eine Falle zu locken? Vielleicht hat selbst Maria Grazia gedacht, Annas ehemaliger Assistent sei doch der Mörder von Elisa. Am folgenden Tag ging ich zu meinem Cousin und bat ihn um einen Termin bei Treocchi. Diesem trug ich vor, was Maria Grazia vor ihrem Verschwinden herausgefunden hatte. Offenbar deckten sich diese Erkenntnisse mit anderen Ermittlungsergebnissen der Polizei. Pomelo wurde zum zweiten Mal verhaftet. Der Staatsanwalt eröffnete das Verfahren wieder und der Angeklagte wurde zu einer lebenslangen Freiheitsstrafe verurteilt. Ob er auch mit Renatos Unfall oder mit dem Verschwinden von Maria Grazia zu tun gehabt hatte, konnte nicht geklärt werden.

In den Monaten nach Maria Grazias Verschwinden schloss ich mein Studium ab. Ich wollte von Bologna und meinem Studienfach nichts mehr wissen, aber im Laufe der Jahre hat es sich doch ergeben, ich promovierte mit einer Arbeit über Günter Grass und wurde schließlich Professor an der Universität Bologna. Allerdings hat sich die unvergleichliche Begeisterung für mein Fach, die ich während der Vorlesungen und Seminare von Anna Marinotti empfunden habe, nie wieder eingestellt.

Von dem Prozess gegen ihren ehemaligen Assistenten hat sie sich nie erholt. Enttäuscht kehrte Anna nach einiger Zeit nach Deutschland zurück. Ich habe ein paar Mal versucht, wieder Kontakt mit ihr anzuknüpfen, was sie jedoch nicht angenommen hat.

Seit dem Herbst 1988, seit dem Mord an Elisa, dem Unfall von Renato und dem Verschwinden von Maria Grazia sind viele Jahre vergangen. Trotzdem hängt diese Vergangenheit immer noch wie ein Schatten über meinem Leben. Auch die Bewohner von Bologna gehen mit einem unguten Gefühl an der Stelle auf der Piazza Verdi vorbei, wo Mathias Elisas Leiche gefunden hat. Am Jahrestag ihres Todes, am 8. September, legt eine unbekannte Person seit vielen Jahren Blumen an diesem Ort ab.

Wenige Tage, bevor ich für längere Zeit ins Ausland gehen sollte, passierte etwas, das meine Überzeugung, Mario Pomelo sei der Mörder von Elisa Bentivoglio, erschüttert und meinen Verdacht auf einen

Mann gelenkt hat, für dessen Unschuld ich bisher meine Hand ins Feuer gelegt hätte.

Es klingelte an meiner Haustür. Draußen war es immer noch sehr windig, nachdem es zwei Tage zuvor einen heftigen Sturm gegeben hatte. Ein Mann in meinem Alter, an den ich mich nur vage erinnerte, stand vor mir und fragte, ob ich der ehemalige Freund von Maria Grazia sei. Ich bejahte. Er hielt einen zugeklebten Schuhkarton in den Händen und schien sehr verlegen. Ich bat ihn herein, was er ablehnte. Er erklärte, er leide seit vielen Jahren an einer seltenen Form von Amnesie, so dass er auch wichtige Termine oder sogar essentielle Angelegenheiten sehr schnell vergesse, wenn er sie sich nicht sofort notiere. Ich fragte ihn, weswegen er mir das erzähle. Er erwiderte, er sei ein guter Freund von Maria Grazia und auch von Elisa Bentivoglio gewesen. Ich horchte auf. Elisa habe ihm am Tag vor ihrem Tod diesen Karton gegeben mit der Bitte, ihn unbedingt an Maria Grazia weiterzugeben. Sie habe ihn auch eindringlich vor etwas gewarnt, aber er könne sich nicht erinnern, vor was oder wem sie ihn gewarnt habe. Er sei all die Jahre überzeugt gewesen, er habe meiner Freundin den Karton tatsächlich ausgehändigt. Als er am Vortag in seinem Schreibtisch aufgeräumt habe, sei ihm der Karton aus der untersten Schublade, in die er seit vielen Jahren keinen Blick mehr geworfen habe, in die Hände gefallen. Es sei

unverzeihlich, dass er einen solchen Fehler begangen habe. Seine Krankheit sei eine fürchterliche Geißel. Er überreichte mir den Schuhkarton, auf dem in
einer mir fremden Handschrift „für Maria Grazia"
stand. Ich bat den Mann nochmals herein. Er sagte,
er könne nicht länger bleiben und verabschiedete
sich. Ich fand sein Verhalten merkwürdig, aber noch
mehr überraschte mich dieser Schuhkarton. Er war
zugeklebt und all die Jahre anscheinend nicht geöffnet worden. Ich konnte der Versuchung nicht widerstehen und machte ihn auf. Er enthielt ein gebundenes Tagebuch, das in der gleichen Handschrift geschrieben war wie die Worte auf dem Kartondeckel.
Ich nahm das Tagebuch mit in mein Arbeitszimmer
und fing an, darin zu lesen. Nachdem ich einige Seiten der krakeligen Schrift entziffert hatte, wurde mir
klar, es handelte sich um das vermisste Tagebuch
von Elisa Bentivoglio. Es dauerte einige Zeit, bis ich
alle Seiten gelesen hatte. Das Tagebuch endete wenige Tage vor ihrem Tod. Die letzten Seiten waren
herausgerissen und fehlten. Die Vermutung lag
nahe, Elisa selbst hatte diese Seiten herausgerissen.
Aber warum?

In dem Tagebuch erwähnt Elisa Maria Grazia mehrfach als gute Freundin. Vielleicht hatte Elisa Maria
Grazia das Tagebuch über diesen gemeinsamen
Freund anvertrauen wollen, weil sie sich in Gefahr
wusste. Aber wieso hat meine Freundin ihre Bezie

hung zu Elisa mir gegenüber nie erwähnt? Maria Grazia hat mir, wie ich schon angedeutet habe, wenige Tage vor ihrem Verschwinden absurde Vorhaltungen gemacht, über die ich im Laufe der Jahre viel nachgedacht habe. Ich bin zu der Schlussfolgerung gekommen, Maria Grazia hatte womöglich eine Neurose oder Psychose, auch wenn sie sonst ein ganz normaler Mensch zu sein schien. Sie hatte gemeint, sie fühle sich mir ungemein verbunden, würde mich für nichts auf der Welt aufgeben und freue sich sehr auf ein gemeinsames Leben in der neuen Wohnung, aber wo viel Licht sei, sei auch einiger Schatten: Ich sei ein widersprüchlicher, wenn nicht gar irrationaler Mensch, der sich von jeder kritischen Äußerung gekränkt fühle und außerdem stark eifersüchtig sei. Zudem sei ich ein Lügner, der vieles verschweige oder unvollständig darstelle. Und ich sähe die Schuld grundsätzlich bei den anderen. Ich hatte über diese Aussagen gelacht und konnte sie in keiner Weise nachvollziehen, da ich mich immer als einen gewissenhaften und grundehrlichen Menschen gesehen habe. Aber waren diese Fehleinschätzungen über mich der Grund, weswegen Maria Grazia mir ihre Freundschaft zu Elisa verheimlicht hat?

Elisa, so schreibt sie in ihrem Tagebuch, hatte mehrere Liebhaber und noch wesentlich mehr Männer begehrten sie, hätten sich für sie in Stücke gerissen, sie eventuell aber auch umgebracht. Sie macht sich an mehreren Stellen lustig über die jungen Männer, die um ihren Palazzo herumscharwenzelten, weil sie hofften, sie werde einen von ihnen auserwählen. Sie schien sich vor ihnen aber auch zu fürchten. Unter diesen jungen Männern befand sich auch mein bester Freund Renato, den Elisa kannte, von dem sie aber nichts wissen wollte. Er muss sich dieser Zurückweisung sehr geschämt haben, denn er hat sie mir gegenüber nie erwähnt, auch wenn wir sonst keine Geheimnisse voreinander hatten. Er hat mir auch nie gesagt, dass er Elisa kannte und sie begehrte. Es drängte sich bei mir der Verdacht auf, er könne der Mörder von Elisa sein. Aber wenn dem so war, wieso hatte Renato, zusammen mit Maria Grazia, darauf gedrängt, eigene Ermittlungen über den Mordfall anzustellen, wenn er riskierte, sich damit selbst den Fängen der Justiz auszuliefern? Oder wusste er schon, bevor wir überhaupt angefangen hatten zu ermitteln, von dem Verhältnis von Pomelo mit Elisa und hatte geglaubt, es werde ihm gelingen, Annas Assistenten für ein Verbrechen büßen zu lassen, das er selbst begangen hatte? Hatte er sich deshalb so erleichtert gezeigt über die ersten Verdächtigungen gegen Pomelo, auf die Maria Grazia gestoßen war? Und war Maria Grazia ihm auf den Leim gegangen, als er kurz vor seinem Unfall versucht hatte, den Verdacht erneut auf Pomelo zu lenken? Es konnte jedenfalls sein, dass Mario Pomelo seit vielen

Jahren für etwas im Gefängnis einsaß, für das er keinerlei Verantwortung trug.

Eine Frage beschäftigte mich noch. Wenn Renato der Täter war, wieso war Maria Grazia verschwunden? Er konnte dafür nicht verantwortlich sein, denn zum Zeitpunkt ihres Verschwindens lag er schwerverletzt im Krankenhaus. War Maria Grazia also vielleicht im Tyrrhenischen Meer ertrunken? War ihr Tod, denn ich ging nicht davon aus, dass sie noch lebte, auf einen ganz banalen Unfall zurückzuführen? Aber wieso war ihre Leiche nicht an Land geschwemmt worden?

Hauptkommissar Andrea Treocchi war seit einer Reihe von Jahren im Ruhestand. Ich hatte vor einer Weile von meinem Cousin, der immer noch bei der Mordkommission arbeitete, gehört, Treocchi beschäftige sich wieder mit dem Fall Bentivoglio, weil ihm Zweifel an der Schuld Pomelos gekommen seien.

Am Tag nach dem Besuch des Freundes von Maria Grazia und Elisa kontaktierte ich meinen Cousin. Er gab mir die private Telefonnummer von Treocchi. Ich rief ihn an und erzählte ihm, ich hätte ein neues Beweisstück im Fall Bentivoglio. Er bat mich, noch am selben Tag vorbeizukommen.

Als er die Tür aufmachte und mich begrüßte, drang ein so starker Zigarrengeruch aus seiner Wohnung, dass ich mich überwinden musste einzutreten. Treocchi geleitete mich in sein Wohnzimmer. Auf den Tischen, dem Sideboard, dem Sofa und den Sesseln und auf dem Boden lagen überall Fotos und Dokumente herum und an den Wänden waren Schriftzeugnisse oder Bilder angepinnt, die mit dem Fall Bentivoglio zu tun hatten. Viele Dokumente hatten gelbliche Spuren an den Rändern. Treocchi hatte sie offenbar mit seinen Zigarrenhänden immer wieder in die Hand genommen und gelesen oder betrachtet. (Treocchi schien noch nicht in der digitalen Welt angekommen zu sein.) Wie um dieses ganze Chaos zu erklären, sagte er, Pomelo ist nicht der Mörder von Elisa Bentivoglio. Es liegt ein Justizirrtum vor, für den auch ich Verantwortung trage. Ich zeigte mich überrascht, ihn wieder an dem Fall arbeiten zu sehen. Treocchi machte einen Sessel frei, damit ich mich setzen konnte. Ich erklärte ihm, was am Vorabend passiert war, und überreichte ihm das Tagebuch. (Dass es sich in einem zugeklebten Schuhkarton befunden hatte, verschwieg ich.) Es dauerte, bis der Kommissar das vollgeschriebene Buch durchgelesen hatte. Am Ende warf er noch einen Blick auf die Stelle, an der die Seiten herausgerissen worden waren. Ich konnte ihm ansehen, er zog aus dieser Betrachtung eine Schlussfolgerung. Er klappte das Tagebuch zu, lächelte zufrieden und sagte: *Ci siamo quasi*, das hätten wir fast. Ich bat ihn, mir diesen

Ausspruch zu erklären. Treocchi sagte nichts. Ich fragte ihn geradeheraus, ob Renato der Mörder sein könne, nach dem er suche? Wieder sagte Treocchi nichts. Ich fühlte mich verunsichert. Schließlich tat Treocchi einen Seufzer, lehnte sich in seinem Sessel zurück und sog an seinem Zigarrenstummel. Die Rauchwolke, die er ausstieß, bereitete mir Übelkeit. Er könne mir im Moment nichts sagen, erklärte er, aber ich brauche mir keine Sorgen zu machen. Ob er das ernst meinte oder mich nur beschwichtigen wollte, konnte ich nicht ausmachen. Er bat mich zu gehen, er erwarte noch einen weiteren Besuch. In dem Moment klingelte es an der Wohnungstür. Es war mein Cousin, der beim Betreten des Flurs ein Gesicht machte, als ob er Treocchi eine lang erwartete Nachricht bringe. Er hielt ein kleines Paket unter dem Arm. Als mein Cousin mich erblickte, begrüßte er mich mit der in unserer Familie üblichen Herzlichkeit. Dennoch lag in seinem Blick eine Spur Skepsis. So offen er all die Jahre bezüglich der Ermittlungen im Fall Bentivoglio mir gegenüber gewesen war, gab es vielleicht doch Bereiche seiner Arbeit, die nur für Polizeiohren bestimmt waren. Das konnte ich verstehen. Ich stellte mir vor, in dem kleinen Paket, das mein Cousin mitgebracht hatte, befinde sich die Tatwaffe. Vielleicht hatte der Täter sie irgendwo vergraben und der Sturm der letzten Tage hatte das Versteck nach vielen Jahren wieder aufgedeckt. In meinem Kopf wurde diese Vorstellung in kurzer Zeit zur Gewissheit. Wenn es zutraf, was mein Cousin vor vielen Jahren gesagt hatte, stand der Mord an Elisa also vor der Aufklärung. Verwirrt von der Wendung, die dieses Zusammensein jetzt am Ende zu nehmen schien, wollte ich die beiden doch um eine Erklärung bitten, aber Treocchi nahm als Antwort einfach meine Jacke aus der Garderobe und half mir hinein. Er schaute mich mit fast verschmitzten und gleichzeitig durchdringenden Augen an. Ich hatte den Eindruck, er blickte in dem Moment in das Innerste meiner Seele.

Eine Woche später hatte ich eine Tagung in Lübeck über den von mir in früheren Jahren so verehrten Schriftsteller Günter Grass. Ich war von Bologna bis Hamburg geflogen und wollte jetzt vom Hauptbahnhof einen Zug zu meiner Tagungsstadt nehmen, in der der Literaturnobelpreisträger in seinen letzten Lebensjahrzehnten gewohnt hat. Ich kam an einem Zeitungskiosk vorbei und kaufte den Corriere della Sera, auf dessen Titelseite die Schlagzeile prangte: Mord an Elisa Bentivoglio nach über 30 Jahren aufgeklärt. Pomelo unschuldig. Ich las die Zeitung in der gemächlich durch die flache Landschaft fahrenden Regionalbahn. Gefesselt durch die Lektüre der zahlreichen, der Lösung des Mordfalles gewidmeten Artikel, merkte ich erst, ich saß im falschen Zug, als ich in Berlin ankam. Es machte keinen Sinn mehr, nach Lübeck zurückzukehren. Meinen Vortrag hätte ich zu dieser Uhrzeit bereits gehalten haben sollen. Ich konnte auch niemandem Bescheid geben, denn ich hatte mein Smartphone dummerweise in Bologna vergessen. Da ich eine anschließende Tagung in Südostasien hatte, beschloss ich, von dem neuen Berliner Flughafen aus etwas eher dorthin zu fliegen und vor der Tagung noch ein, zwei Tage am Indischen Ozean auszuspannen.

Auf Grund eines unerwartet zustande gekommenen Forschungsprojektes über den in der Südsee spielenden Roman *Imperium* des Schweizer Schriftstellers Christian Kracht, mit dessen Werk ich mich seit einigen Jahren beschäftige, hat sich mein Aufenthalt in Südostasien bis auf den heutigen Tag verlängert. Ich habe die mir hier zur Verfügung stehende Zeit auch dazu genutzt, um dieses persönliche Resümee des Falles Bentivoglio zu verfassen. Viele der hier geschriebenen Sätze habe ich lange in meinem Herzen bewegt. Was gäbe ich dafür, könnte ich die traurigen Ereignisse jenes lange zurückliegenden Herbstes ungeschehen machen, aber lassen wir dieses kirchlich anmutende Gerede.

In der Nähe meines Hotels befindet sich ein Reisebüro, wo man auch Deutsch spricht. Ich habe es vorhin aufgesucht, um für den morgigen Tag einen Flug zurück nach Italien zu buchen. (Mein

Forschungsprojekt zu Christian Krachts Roman ist glücklicherweise fast abgeschlossen.) Auch wenn es ein spontaner Entschluss ist, bin ich dieses feucht-dunklen Touristenhotels, das ich obendrein aus eigener Tasche bezahlen muss, seit längerem überdrüssig. Ich komme mir hier wie ein ungebetener Exilant vor oder wie in einer Mausefalle, die jederzeit zuschnappen könnte. Ich habe mich in der Fremde nie besonders wohlgefühlt und mich die ganze Zeit nach Bologna zurückgesehnt. Noch mehr indes bewegt mich zur Rückkehr der Vorsatz, dem Mörder von Elisa endlich ins Angesicht zu schauen.

Der italienische Sohn

1. Kapitel

Bei einem eher heiter gemeinten und unter der Hand organisierten studentischen Vortrag über die Kraft der ärztlichen Suggestion bei der Behandlung von abergläubischen Patienten lernten sich Maria und Erich im Herbst 1943 kennen. Sie studierten seit diesem Semester in Heidelberg an der medizinischen Fakultät; sie hatte zuvor in Tübingen einige Semester belegt, während er sein Studium in Göttingen begonnen hatte. Beide fühlten sich noch unsicher in dieser neuen, quirligen Stadt und der als Spaß gemeinte Vortrag einiger rheinischer Medizinstudenten zum „Auftakt" der in den Kriegszeiten verbotenen Karnevalssaison hatte sie, die zufällig nebeneinandersaßen, beide zum Lachen gebracht. In den ersten Wochen, als sie sich ein paar Mal in einem Café verabredeten, siezten sie sich noch, wie es damals unter Studenten üblich war.

Heidelberg immerhin wurde von den alliierten Bombenangriffen verschont. Erich wurde jedoch bald darauf zur Wehrmacht eingezogen und an die italienische Front versetzt. Es war unklar, ob Maria und Erich sich je wiedersehen würden, da der Krieg in seine grausamste Phase eingetreten war. Sie schrieben sich einige wenige Briefe. In einem bot Maria Erich das Du an und von da an schien das Eis zwischen ihnen gebrochen. Er war den Nazis am Anfang nicht abgeneigt gewesen. Die Erfahrungen als Soldat ließen ihn jedoch skeptisch werden gegenüber großen Heilsversprechen. Maria leistete Dienst in einem großen Lazarett und las ansonsten gerne Liebesromane, in denen das Schicksal eine große Rolle spielte. In ihren Augen bestimmten geheimnisvolle Mächte das Leben der Menschen.

Nach seiner Entlassung aus einem amerikanischen Kriegsgefangenenlager fanden sich Maria und Erich nach Kriegsende rasch wieder und der Frieden offenbarte, dass sie sehr wohl zueinander passten, dass sie beide diese Chance des Neuanfangs nutzen wollten. Wie ihre Zukunft aber in der Wirklichkeit aussehen sollte, davon hatten sie keinen blassen Schimmer. Beiden war unwohl bei dem Gedanken, den Arztberuf ausüben zu sollen. Erich hatte in Italien zu viele verwundete und getötete Menschen gesehen. Auch Maria hatte die Erfahrung als ärztliche Assistentin im Lazarett sehr mitgenommen. Trotzdem schlossen sie zunächst ihr Studium ab und übernahmen danach Praxisvertretungen, meistens in Dörfern in der Umgebung von Heidelberg. Sie hatten wenig Geld. Maria ging zu einer Wahrsagerin, um sich von ihr beraten zu lassen. Diese erklärte, Erich sei der Richtige für Maria. Im Mai 1948 heirateten sie. Seine Zimmerwirtin buk ihnen einen Kuchen mit einer kleinen Kerze. Am Abend gingen sie ins Kino und schauten sich einen französischen Liebesfilm an, der sie beide rührte. In seinem schmalen Bett liebten sie sich das erste Mal. Sie blieben die ganze Nacht wach und überlegten, wie ihr weiteres Leben aussehen könnte. Maria wollte in einem großen Haus leben und vier Kinder haben, während Erich das Geld verdienen sollte. Ihm gefiel der Gedanke, dass er erfolgreich sein werde. Als die Sonne aufging, fiel Maria ein, auch Erich solle zu einer Wahrsagerin gehen und diese nach seiner Zukunft befragen. Er lachte und wollte davon nichts wissen, gab aber schließlich ihrem Drängen nach. Um sich vor seinen ehemaligen Kommilitonen nicht zu blamieren, suchte er eine Wahrsagerin am anderen Ende der Stadt auf, die ihn in einer stickigen und feuchten Kellerwohnung empfing. Die oberen Stockwerke des Hauses hatte eine Fliegerbombe zerstört. Die alte Frau bat ihn, sich auf einen klapprigen Stuhl zu setzen, vor dem ein kleiner runder Tisch mit einer purpurfarbenen Tischdecke stand. Sie nahm ihm gegenüber Platz und schaute ihm in die Augen. Wie alle ehemaligen Soldaten schien er ängstlich und in seinem Inneren verletzt zu sein, auch wenn das keiner dieser Männer offen zugab. Sie sah seine Unsicherheit, was seinen weiteren Weg anging. Sie sah den neuen Ring an seinem Finger. Sie nahm einen kleinen Beutel aus ihrer Rocktasche, holte daraus einige bunte Glassteine hervor und warf diese auf den Tisch. Die Steinchen betrachtete sie eingehend. Sie hatte Mitleid mit dem orientierungslosen jungen Mann und prophezeite ihm eine große unternehmerische Zukunft. Er fühlte sich geschmeichelt, brach aber trotzdem in lautes Lachen aus, weil er sich konkret eine solche Karriere in dieser düsteren Zeit in keiner Weise vorstellen konnte. Die Wahrsagerin verzog den Mund. Nachdem er sich beruhigt hatte, fuhr sie fort, er und seine Frau würden erst in späten Jahren und nur ein Kind bekommen, aber dieses Kind werde ihn umbringen und sein gesamtes Vermögen verschleudern. Bei diesen Worten sprang Erich empört auf, verlangte vergeblich das schon im Voraus bezahlte Honorar zurück und verließ dann grußlos das Haus. Wieder im Freien – es war ein sonniger Frühsommertag – fühlte er sich zunächst erleichtert und in seiner Meinung bestätigt, Wahrsagerinnen seien nur Schwätzer. Dennoch hatten die Worte der alten Frau, wie er im Nachhinein zugeben musste, einen starken Eindruck auf ihn gemacht. Er schämte sich jetzt ein wenig seiner heftigen Reaktion und war eigentlich ganz froh, dass die Frau sich strikt geweigert hatte, ihm die fünf Mark zurückzugeben. Er lief die ganze Strecke nach Hause zu Fuß, weil er kein Geld mehr für die Straßenbahn hatte und nachdenken wollte.

Maria erzählte er nur das Positive, das ihm die Wahrsagerin gesagt hatte, also das mit dem unternehmerischen Erfolg und mit dem Kind, aber nicht das andere, das ihn dennoch viel beschäftigte.

Der Sommer verging, ohne dass sich viel an ihrem mühsamen Leben änderte. Noch immer machten sie Praxisvertretungen und mussten mit dem Fahrrad oft zwanzig Kilometer oder mehr fahren, um in einem Dorf den krank gewordenen oder nicht aus dem Krieg zurückgekehrten Landarzt zu ersetzen. Je mehr Monate vergingen, desto sicherer wussten sie, sie wollten im Leben alles andere außer Arzt werden. Schließlich kam Maria auf die Idee, ein Horoskop- und Rätselheftchen herauszugeben. Auch ihr waren die Worte der Wahrsagerin, die sie ja nur aus dem Mund ihres Mannes kannte, nicht mehr aus dem Kopf gegangen. Vielleicht waren die Deutschen in dieser schlimmen Zeit empfänglich für einen Zeitvertreib wie Kreuzworträtsel oder für Weissagungen, die ihnen ihre Unsicherheit nahmen. Erich fand die Idee eines solchen Heftchens abwegig. Auch ohne seine Unterstützung machte sich Maria ans Werk. Sie schuf Kreuzworträtsel mit Fragen, die sich hin und wieder auch auf die Liebesromane bezogen, die sie so gerne las. Als sie einigen ihrer Freundinnen die Rätsel zum Probelösen gab, waren diese begeistert.

Als Erich das fast fertige Manuskript in die Hand
nahm, erschien ihm das Ganze wenig ernsthaft; das
war nichts, womit man Geld verdienen konnte. Er
las als erstes die Horoskope und fand sie holprig geschrieben. Dieses wirre Geschreibe verstehe kein
Mensch, erklärte er. Dann mach es besser, herrschte
Maria ihn an. Sie war gekränkt, weil er ihre Bemühungen so wenig zu schätzen wusste. Den ganzen
Sonntag sprachen sie kein Wort miteinander. Am
Abend setzte sich Erich immer noch verärgert an die
Schreibmaschine, um die seiner Ansicht nach ver-
schwurbelten Texte seiner Frau neu zu formulieren.
Er merkte rasch, es war nicht einfach, ihre Gedanken so verständlich umzuschreiben, dass sie nicht
gleichzeitig ihre Originalität verloren. Er schlug bis
in den Morgen auf die Tasten ein und bemerkte
nicht einmal, wie seine Frau ihm die ganze Zeit mit
Hochspannung zusah. Nach Vollendung seiner Arbeit fielen sie übermüdet ins Bett und schliefen bis
in den Nachmittag. Als Maria den überarbeiteten
Entwurf las, merkte sie gleich, die von ihm geschriebenen Horoskope waren unvergleichlich besser for-
muliert als ihre Ursprungstexte. Sie bewunderte es,
wie geschickt er ihre Gedanken in eine Sprache gebracht hatte, die jede und jeder verstehen konnte
und die trotzdem nicht banal klang. Sie war stolz auf
ihn, aber um ihn nicht übermütig werden zu lassen,
kritisierte sie einzelne Stellen, an denen eigentlich

nichts auszusetzen war. Er durchschaute ihr Spiel, verstand ihre Beweggründe und fing seinerseits an, sie an einige ihrer verkorksten Formulierungen zu erinnern. Das wollte sie nicht hören, aber sie hatten beide einen Heidenspaß an ihren gegenseitigen Sticheleien. Als die Sonne unterging, liebten sie sich leidenschaftlich. Er streichelte anschließend ihren Rücken, während sie nackt auf dem Bett lag und sinnierte, wenn es ein Mädchen wird, nennen wir es E- milia, wenn es ein Junge wird, heißt er Emil.

Es dauerte noch ein paar Wochen, bis das Probeheft- chen aus der Druckerei kam. Es hatte zwanzig Seiten Umfang und bestand aus billigem Papier. Für Maria und Erich, die keinerlei Erfahrungen mit der Her- stellung von Zeitschriften gehabt hatten, war dieses Heft ein Luxusartikel, der ihre Herzen hüpfen ließ. Das erste Heft verkauften sie auf Märkten und an Zeitungskioske und es war im Nu ausverkauft. Die Heidelberger und die Stadt- und Dorfbewohner der Umgebung zeigten sich begeistert, als ob sie seit Jah- ren auf nichts anderes gewartet hätten. Maria und Erich waren überwältigt von ihrem Erfolg. Auch für das nächste Heft, das schon etwas umfangreicher war, und all die folgenden blieb ihre Arbeitsauftei- lung gleich. Von dem Geld, das sie in den ersten Mo- naten verdient hatten, konnten sie in eine eigene, immer noch bescheidene, aber schön gelegene Woh- nung umziehen. Bald mussten sie eine Sekretärin und einen Buchhalter anstellen, um all die Arbeit bewältigen zu können. Und bald vertrieben sie ihre Hefte in allen Ländern der neuentstandenen Bundesrepublik. Ihr Verlagshaus wuchs und wuchs, bis sie sich Jahre später entschieden, dessen Sitz nach Frankfurt zu verlegen und dort ein großes Bürogebäude zu errichten. Das gehobene Bürgertum der Stadt rümpfte über ihren Erfolg die Nase. Erich wollte das nicht auf sich sitzen lassen. Ende der fünfziger Jahre gründete das Ehepaar die Maria-und-Erich-Kleinfurt-Stiftung, die Stipendien an internationale Schriftstellerinnen und Schriftsteller vergab, die sich für ein Jahr in Frankfurt aufhalten durften. Während der Buchmesse lasen diese Autoren aus ihren Manuskripten und ihre Werke fanden bald Anklang im weltoffener werdenden Deutschland. Maria und Erich überlegten, ob sie diese Autoren selbst verlegen sollten. Sie entschieden sich dagegen. Maria meinte, am Ende sei der Spruch, Schuster, bleib bei deinen Leisten, noch immer zutreffend.

Sie waren reich geworden, sie besaßen den neuesten Mercedes, sie wohnten in einer Villa in einer der besten Gegenden Frankfurts, aber weder Emilia noch Emil hatten an ihre Tür geklopft. Es war wie verhext, es wollte einfach nicht klappen. Die Ärzte vermochten ihnen keine wirksamen Ratschläge zu geben. Maria hatte sich auch an eine Geisterbeschwörerin gewandt, um herauszufinden, was die spirituelle Ursache für ihre Kinderlosigkeit sei. Erich überlegte sich, ob es vielleicht an ihm liegen könne, aber in seiner Familie hatten die Männer immer viele Nachkommen gezeugt. Das galt allerdings auch für die Frauen in Marias Familie. Er musste oft an die Wahrsagerin denken, die er nach Kriegsende in Heidelberg aufgesucht hatte. Er hatte Maria nie von den „Verwünschungen" erzählt, die jene Frau ihm entgegengeschleudert hatte. Seine Einstellung zu Wahrsagungen und Horoskopen hatte sich jedenfalls gewandelt. So fragte er sich, hatte die Wahrsagerin eine Zeugungshemmung bei ihm verursacht? Hatte sie seine Spermien verhext? Und wenn dem so wäre, wie könnte er diesen Fluch aufheben? Maria und er waren jetzt Anfang vierzig. Ihnen blieb nicht viel Zeit, ein Kind in die Welt zu setzen. Maria schien sich fast damit abgefunden zu haben, dass sie keinen Nachkommen haben würden. Er hielt sich daran fest, die Prophezeiung der Wahrsagerin werde auch in ihrem zweiten Teil noch eintreten, sie würden also noch ein Kind bekommen. Erich fragte seinen besten Freund, ob er einen verschwiegenen Seelenklempner kenne. Der Freund hörte sich um und konnte Erich einen Tipp geben. Der Psychologe gab ihm den Rat, seiner Frau die ganze Wahrheit über die Wahrsagerin zu erzählen. Zwei Monate später erklärte Maria ihrem Mann beim Frühstück, sie sei schwanger.

2. Kapitel

Emil war gerade ein Jahr alt geworden, als die Eltern mit ihm in Italien Urlaub machten. Sie hatten in der Toskana ein Haus am Meer gemietet. An einem verregneten Julimorgen fuhren sie von Frankfurt los. Erich saß am Steuer. Maria hatte sich nach hinten gesetzt, um auf das Kind aufzupassen, das die meiste Zeit in einem Körbchen lag. Kurz vor der Grenze zu Italien übernachteten sie. Als sie am nächsten Tag den Brenner überquert hatten und dann an Bozen und Trient vorbeifuhren, war es sonnig und heiß geworden. Emil schien die Hitze zu gefallen. Nach langer Quengelei auf der deutschen Strecke schlief er jetzt die meiste Zeit und nicht einmal die verzückten Rufe von Maria, wie schön das Etschtal sei, schienen ihn aufwecken zu können. Sie passierten Verona und kamen in die Poebene, wo die Luft noch schwüler war. Emil schlief. Um den Jungen nicht zu sehr anzustrengen, hatten sie beschlossen, in Modena zu übernachten und erst am nächsten Tag bis zum Tyrrhenischen Meer weiterzufahren. In der Nacht wurde es kaum kühler. Erich schwitzte im Schlaf und wachte immer wieder auf. Maria las zwei Romane aus, weil sie wegen der Hitze keine Ruhe fand. Emil hingegen, der sonst nachts oft aufwachte und weinte, schlief die ganze Zeit durch.

Gegen neun fuhren sie los. Die Hitze war sogar um diese Uhrzeit schon kaum mehr erträglich. Kurz vor Bologna wollte Erich einen Lastwagen überholen. Sein Hemd war nassgeschwitzt. Schweißtropfen tropften ihm ins Auge. Einen kurzen Moment konnte er nicht mehr klar sehen. Das Auto landete im Straßengraben. Glück im Unglück war, Erich hatte keinen Baum erwischt. Emil schrie, weil er sich erschreckt hatte. Sonst war ihm offenkundig nichts passiert. Auch den Eltern nicht. Der robuste Mercedes hatte außer ein paar Schrammen nichts abbekommen. Maria schaute ihren Mann böse an. Er wollte vor Scham in den Erdboden versinken. Wenig später kamen die Polizei und ein Abschleppwagen, der den Mercedes wieder auf die Straße setzte. Maria bestand darauf, sie fahre den Wagen jetzt. Die italienischen Polizisten lachten.

Obwohl der Unfall glimpflich verlaufen war, saß ihnen der Schrecken noch in den Knochen. Sie brauchten eine Pause. In der größten Mittagshitze stellte Maria den Wagen vor einem Hotel an der Peripherie von Bologna ab. Sie war sehr aufgebracht. Emil hatte sich wieder beruhigt und schlief in seinem Körbchen. Maria sagte zu Erich, mach jetzt bitte keine Fehler mehr. Gemeinsam gingen sie zur Rezeption. Das Auto hatte sie abgeschlossen, aber das hintere Seitenfenster einen Spalt offengelassen, damit Emil genug Luft bekam. Als sie einige Minuten später zurückkamen, um die Koffer auszuladen, waren der Mercedes und Emil verschwunden.

Am nächsten Tag fand die Polizei den gestohlenen Wagen auf einem Waldweg etwa 50 Kilometer östlich von Bologna. Auch der Dieb konnte gefasst werden, ein gewisser Giambattista Perani. Er sagte aus, er habe das Auto wenige hundert Meter hinter dem Hotel wieder stehen lassen, nachdem er bemerkt habe, dass auf der Rückbank ein Körbchen mit einem Kleinkind stand. Er sei ein Autodieb, aber kein Kindesentführer. Wer den Wagen anschließend an sich genommen hatte, konnte nie ermittelt werden. Der Fall schlug hohe Wellen. Emils Eltern waren keine Nobodys, sondern hatten Verbindungen bis zum Bundesinnenminister. Der *questore* von Bologna musste als Bauernopfer zurücktreten, weil er trotz des enormen Drucks aus Bonn keine Ermittlungsergebnisse vorzuweisen hatte. Die Boulevardpresse in Deutschland schäumte. Der Corriere della Sera wagte einzuwenden, die Eltern seien naiv gewesen, ihr Kind allein im Auto zu lassen. Das löste in Deutschland einen neuen Sturm der Entrüstung aus. Es half alles nichts: Emil war und blieb verschwunden.

In den ersten Tagen, Wochen und Monaten nach Emils Entführung befanden Maria und Erich sich beide in höchster Aufregung. Sie stritten sich häufig, wer mehr Schuld trage an der Entführung ihres Sohnes. Zu ihrem Entsetzen geriet ihr Privatleben ins Licht der Öffentlichkeit. Ständig wollten Journalisten Interviews mit ihnen führen. Bei jeder kleinsten Neuigkeit zu dem Fall verlangte die Presse ein Statement. In einer Boulevardzeitung tauchten reißerische und intime Details aus ihrem Privatleben auf. Wenig fehlte und ihre Ehe wäre angesichts dieser Belastungen gescheitert. Nach einiger Zeit jedoch ebbte das Interesse der Medien an dem Fall ab. Man ging offenbar davon aus, der oder die Entführer hatten Emil kurz nach der Tat getötet und seine Leiche irgendwo in der Nähe von Bologna verscharrt. Auch viele von Marias und Erichs Freunden sagten, sie sollten die Suche aufgeben. Sie hingegen glaubten felsenfest, ihr Sohn sei noch am Leben. Schließlich besagte der dritte Teil der Prophezeiung, Emil werde seinen Vater umbringen und ihr Vermögen verschleudern. Im Umkehrschluss hieß das aber auch, Emil lebte noch. An dieser Logik hielten sich die Eltern fest.

Maria und Erich kamen immer wieder nach Bologna, um nach ihm zu suchen. Sie kannten die Stadt inzwischen in- und auswendig. Eine Art Hassliebe verband sie mit diesem Ort. Sie überlegten sogar eine Weile, ihr Verlagshaus aufzulösen und ganz nach Bologna zu ziehen, doch bei aller Liebe zu ihrem verschwundenen Sohn bedeutete ihnen ihr

Lebenswerk, das sie aus dem Nichts zusammen aufgebaut hatten, auch viel.

Zur Jahrtausendwende feierten Erich und Maria Emils 37. Geburtstag. Vielleicht hatte er längst geheiratet und sie waren Großeltern geworden. Sie wussten es nicht, aber über solche Gedanken konnten sie tagelang diskutieren, ohne dessen müde zu werden. Manchmal fühlten sie sich, als ob ihr Sohn all die Jahre bei ihnen gewesen wäre, als ob sie genau wüssten, wie er jetzt aussehe, ob er bereits einen Wohlstandsbauch habe, ob er beruflich erfolgreich oder mit seiner Frau glücklich sei. Erich und Maria gingen beide auf die achtzig zu. Sie war ein halbes Jahr älter als er. Ihre über allem stehende Hoffnung, sie würden ihren Sohn jetzt bald wiedersehen, ließ sie jünger wirken, als sie tatsächlich waren. Man konnte ihre Haltung auch als hoffnungslos naiv oder als fortgeschrittenen Altersstarrsinn bezeichnen; für sie war diese Haltung ihr Lebensanker, an dem sie unbeirrt festhielten.

3. Kapitel

Emilios schulische Leistungen waren meist unterdurchschnittlich. Als es darum gegangen war, ob er nach der *scuola media* das *liceo* besuchen solle oder nicht, hatte seine Mutter darauf bestanden, bei ihm einen Intelligenztest durchführen zu lassen. Zur

Überraschung aller waren die Testwerte sehr hoch ausgefallen. Der Rektor des *liceo* hatte daraufhin eingewilligt, Emilio in die Schule aufzunehmen, obwohl auch ihm zu Ohren gekommen war, der Junge zeige im Unterricht und bei den Hausaufgaben keinerlei Engagement. Allein weil die Mutter sich immer wieder für ihren Sohn einsetzte, hatte er es bis zur vorletzten Klasse geschafft.

Während des Unterrichts las er unter der Bank Comics oder schrieb Beobachtungen über die Lehrer und Mitschüler in seine Heftchen, die er immer bei sich trug. Der Unterricht selbst interessierte ihn nicht. Seine Versetzung war auch in diesem Jahr stark gefährdet. Seine Eltern verzweifelten an ihm. Seine Lehrer ebenso. Wenn er zuhause war, schrieb er detalliert auf, was die Katze gerade machte, die ihnen vor fünf Jahren zugelaufen war: Sie schleckt ihre linke Pfote, sie schleckt ihre rechte Pfote, sie miaut, sie will nach draußen und kratzt mit ihrer Pfote an der Glastür, sie will ihr Essen haben, sie miaut wieder, sie träumt nachts wahrscheinlich von dem Kater, der vor drei Jahren gestorben und mit dem sie ständig zusammen gewesen ist. Emilio hatte seiner Mutter ein einziges Mal einige Seiten aus einem der Heftchen vorgelesen. Sie hatte ihm gesagt, er werde eines Tages ein berühmter Schriftsteller werden. In Wahrheit hatte sie gedacht, sein Geschreibsel ist noch viel langweiliger und öder, als ich befürchtet hatte. Was er schreibt, ist unelegant und voller Fehler, das verstehe sogar ich, die ich von der Sprache keine Ahnung habe.

Sie ließ sich nicht anmerken, was sie über sein Schreiben dachte. Emilio reagierte empfindsam auf jede noch so kleine Kritik. Wenn ein Lehrer ihn ermahnte, er solle sich mehr am Unterricht beteiligen, oder wenn ein Lehrer es gar wagte, ihn abzufragen, konnte er fuchsteufelswild werden und schrie, bis sich all seine Klassenkameraden die Ohren zuhielten. Andererseits hatte er geniale Momente, in denen er die schönsten und bewundernswertesten Aufsätze schrieb oder sich wortgewandter ausdrückte als alle Lehrer der Schule zusammen. Solche Momente waren selten, aber sie und der Einsatz seiner Mutter hatten ihm immer wieder dazu verholfen, doch noch versetzt zu werden. Emilio war ein Phänomen. Man konnte ihn zutiefst verachten und man konnte ihn als ein verkanntes Genie ansehen.

Seine Mutter Carla Ciolini arbeitete in einer Fabrik an der via Emilia im Westen von Bologna; sein Vater war Automechaniker und hatte seine Werkstatt gegenüber dem kleinen verlotterten Haus, in dem sie wohnten. Die Geschäfte liefen nicht gut. Giovanni Ciolini musste sich mit kleinen Nebenjobs über Wasser halten, d. h. er brach gelegentlich mit einem Kumpel namens Pasquale Villari in Villen auf den

Colli ein, den Hügeln südlich von Bologna, wo die Reichen der Stadt wohnten. Giovanni und sein Freund klauten Bargeld oder Schmuck, den sie dann verhökerten. Vor einer Weile waren sie in das Haus einer Familie Fracchi eingebrochen, die nicht besonders reich war, aber sie gaben sich auch mit kleinerer Beute zufrieden. Sie hatten das Haus zuvor auskundschaftet; es war kurz nach Ferragosto und die Familie sollte im Urlaub am Meer sein. Doch war ein vielleicht zwölfjähriger Junge in dem Haus gewesen, der sie angebrüllt hatte. Giovanni und sein Genosse waren in Panik geraten und hatten Reißaus genommen. Sogar im Resto del Carlino hatte ein kleiner Bericht gestanden über den heldenmütigen Jungen Carlo Fracchi, der allein mit seinem Gebrüll die dreisten Einbrecher vertrieben hatte.

Giovanni und Pasquale hatten bisher Riesenglück gehabt, noch nie ins Gefängnis gekommen zu sein. Dieses Glück wollten sie nicht herausfordern. Sie hatten nach dieser Episode eine Weile gewartet bis zum nächsten Einbruch. Giovanni war ein guter Automechaniker, er war auch ein guter Einbrecher. Selbst wenn er das niemandem erzählen durfte, so war er ein bisschen stolz, was er und Pasquale in all den Jahren geleistet hatten. Giovannis Familie lebte bescheiden. Auch Emilio verlangte eigentlich nur, man solle ihn seine *quaderni*, seine Heftchen, und seine *fumetti*, seine Comics, kaufen lassen. Sonst war er ein anspruchsloser Sohn. Was er in seine Heftchen schrieb, war Giovanni eigentlich egal, aber dass sein Sohn etwas merkwürdig war, fiel sogar seinem Vater auf. Emilio war nicht sein Kind. Vor vielen Jahren hatte seine Frau Carla einen etwa einjährigen Jungen nach Hause gebracht und erklärt, er stamme von ihrer Schwester, die in Rimini während der *stagione*, der Saison, in einem Restaurant arbeitete und von einem deutschen Touristen geschwängert worden sei, der sich anschließend aus dem Staub gemacht habe. Die Schwester könne für das Kind nicht länger sorgen und habe es ihr, Carla, übergeben, damit sie und Giovanni es großzögen. Er hatte nie Vater werden wollen, aber seine Frau hatte seit Jahren keinen größeren Wunsch gehabt als ein eigenes Baby zu haben. Es hieß Emilio und sie gaben es als ihr eigenes aus. Giovanni und Carla sprachen eigentlich nie über diese Vergangenheit, an die Giovanni auch nicht groß dachte. Er hatte andere Dinge zu erledigen. Wer hatte schon den Luxus, über die Vergangenheit nachdenken zu können? Wenn er manchmal die Wohnzimmer der Reichen durchstreifte, um zu sehen, ob er etwas Wertvolles mitnehmen könne, flößten ihm die großen Bücherregale dieser Leute regelmäßig einen Schrecken ein. Wie konnten Menschen nur so viele Wörter schreiben und wozu sollte das dienen? Aber Emilio schien ja auch in die Fußstapfen dieser Reichen, dieser

Gebildeten treten zu wollen. In seinem Zimmer hatte er zwei Regale stehen. In einem bewahrte er seine zerlesenen Comics auf; in dem anderen hatte er seine Heftchen chronologisch geordnet. Auf diese Bibliothek, wie er sie nannte, legte Emilio den allergrößten Wert. War sein natürlicher Vater, der deutsche Tourist, etwa auch ein reicher und gebildeter Pinkel gewesen, fragte sich Giovanni.

Carla hatte Spätschicht. Sie musste gleich los. Sie hatte für Emilio eine *pasta asciutta* gekocht und ihn etliche Male gerufen, damit er essen komme, aber er lag immer noch in seinem Bett und schrieb. Wenn er mehr Sport treiben, wenn er mit seinen Klassenkameraden Fußball spielen würde, wäre er vielleicht ein normalerer Junge, aber diese Hoffnung hatte seine Mutter fast aufgegeben. Seitdem er acht Jahre alt war, schrieb Emilio jeden Tag. Jetzt war er 17 und hatte ein ganzes Regal voller Heftchen, die er hütete wie seinen Augapfel. Im nächsten Jahr würde er sein Abitur machen, aber selbst wenn er die *esami di maturità* bestand, was nicht sehr wahrscheinlich war, was sollte danach aus ihm werden? Konnte er irgendeinen Beruf ergreifen? Was das Handwerkliche anging, hatte Emilio zwei linke Hände, aber wenn er auf die Universität gehen wollte, musste er sehr viel lernen, was schon jetzt in der Schule ein großes Problem darstellte. Man bekam einfach graue Haare mit diesem Jungen. Er war unmöglich, doch sie konnte jetzt nicht länger nachdenken. Sie musste los. Sie rief ihren Sohn ein letztes Mal. Tatsächlich stand er endlich von seinem Bett auf und kam in die Küche geschlurft. Er roch nach Bett und Schweiß. Er hatte sicherlich seit zwei Wochen nicht mehr geduscht. Gleichzeitig beklagte er sich, die Pasta sei nur noch lauwarm. Sie lächelte resigniert. Trotz all seiner Fehler musste man ihn einfach gernhaben. Sie wusste, sie hätte für ihren Sohn ihr Leben gegeben. Sie gab ihm einen Kuss auf die Stirn, wünschte ihm guten Appetit und eilte zu ihrem Fahrrad.

Was in Emilios Kopf vorging, wusste niemand. Er selbst wusste es vielleicht noch weniger als die anderen. Er hatte große Träume. Er war der Meinung, mit seinen Heftchen schaffe er ein Werk, das sein Leben und das vieler Generationen überdauern werde. Eines Tages würden diese Heftchen veröffentlicht werden, auf Hochglanzpapier, und er würde ein berühmter, hochangesehener Autor werden. Vielleicht würde er sogar den Literaturnobelpreis erhalten. Sicherlich würde es noch eine Weile dauern, bis er diese Auszeichnung erhielt, aber der Gedanke daran, wie der schwedische König ihm einst die Nobelmedaille überreichen werde, machte sein Leben erträglicher.

Wieso hatte Herr De Roberti, der Mathelehrer, ihn heute nach dieser dusseligen Formel gefragt, die

Emilio nicht interessierte und für die er keinerlei
Verwendung hatte? Emilio hatte geschrien, bis der
Lehrer ihn vor die Tür gesetzt und gesagt hatte, er
könne nach Hause gehen. Versager wie er hätten an
dieser Schule nichts zu suchen. Dieses Wort hatte
ihn maßlos gekränkt. Er war kein Versager, er war
ein zukünftiger Nobelpreisträger und damit tausend
Mal wichtiger als Herr De Roberti. Er würde das gesamte Preisgeld für die Nobelauszeichnung dafür
verwenden, um ein Foltergefängnis zu bauen, in
dem er als einzigen Gefangenen Herrn De Roberti
halten werde. Seit Stunden schrieb Emilio in sein
Heftchen, was er dem Lehrer in dem Gefängnis alles
antun werde.

Emilio hatte keine Hemmungen, solche Gedanken
aufzuschreiben. Sie kamen ihm normal vor. Wenn er
sich in seinen Heftchen ausgewürgt hatte, fühlte er
sich besser, ruhiger. Und dennoch blieb oft eine Unruhe in ihm, die er kaum beherrschen konnte. Er
kam sich wie ein verletzter Löwe vor, dem ein Jäger
eine Kugel ins Bein geschossen hat. Der Jäger jagt
den Löwen, damit er ihn endgültig töten kann.
Gleichzeitig jagt der Löwe den Jäger, weil er sich an
ihm rächen will für die Schmerzen, die dieser ihm
zugefügt hat. Emilio war stolz darauf, ein Löwe zu
sein. Er war sicher, er würde dem Jäger De Roberti
den Kopf abreißen, bevor dieser ihm eine Kugel ins
Herz jagen konnte. Und wenn dann die Leiche des

Jägers neben ihm läge, käme seine Löwenmutter und leckte so lange an seiner Schusswunde, bis alles wieder gut wäre. So träumte und schrieb Emilio vor sich hin, bis er endlich den Ruf seiner Mutter hörte, in die Küche ging und seine Pasta aß, denn er war ein hungriger Löwe. Er hatte sich kaum hingesetzt, als seine Mutter gehen musste.

Er hatte keine Freundin. Die Mädchen in der Schule ekelten sich vor ihm, weil er sich so selten wusch. Auch Mutter sagte ihm, er solle sich waschen, aber sie sagte es liebevoll und nicht voller Verachtung wie seine Mitschülerinnen. Manchmal bewunderten diese ihn auch, als er z. B. im Biologieunterricht ein kluges und abgeklärtes Referat über das Leben der Löwen in der afrikanischen Savanne gehalten hatte. Außerdem waren die Mädchen in seiner Klasse neugierig, was er in seine Heftchen schrieb. Emilio hatte den Eindruck, über seine Heftchen werde in der Klasse, wenn nicht gar in der ganzen Schule viel gemunkelt. Besonders seine Mitschülerinnen fragten ihn oft, was er da aufschreibe, ob sie es nicht lesen dürften. Dass er nie sagte, was er in den Heftchen notierte, trug zu seiner Aura als unnahbarer Intellektueller bei. Ein Lehrer hatte ihm einmal gesagt, er sei vielleicht ein moderner Kafka. Den Namen hatte Emilio schon mal gehört und dass dieser Mann in Prag oder Budapest gelebt hatte, aber das waren Städte jenseits des Eisernen Vorhangs, die für Italiener wie Emilio nicht zugänglich waren. Daher konnte ihm dieser Kafka auch gestohlen bleiben. Den Nobelpreis hatte dieser Typ ebenso wenig bekommen, also konnte er kein großer Schriftsteller gewesen sein.

Am Ende des Schuljahres reichten Emilios Zensuren so gerade, um in die nächste und letzte Klasse vor dem Abitur versetzt zu werden. Seine Mutter Carla war erleichtert, die Lehrer waren erleichtert, aber der Klassenlehrer warnte Emilios Eltern, mit den bisherigen Leistungen werde er das Abitur auf keinen Fall schaffen.

Sie hatten kein Geld, damit die Familie in den Urlaub fahren konnte. So verbrachte Emilio die Sommermonate vor allem in seinem Zimmer und auf einer Bank vor dem Haus, in dem sie wohnten, und schrieb. Er wunderte sich selbst, was er alles aufzuschreiben vermochte. Auf jeden Fall wurde ihm nie langweilig. Er fühlte sich pudelwohl mit dem Schreiben. Es war seine Gutelaunemachmaschine, wie er es nannte. Manchmal kam ihn ein Klassenkamerad besuchen im Sommer und sie unterhielten sich und tranken Cola, aber der Klassenkamerad wollte über Dinge reden, die Emilio nicht interessierten: über Kino, Fernsehserien oder nackte Frauen. Emilio wurde bald 18 und hatte keine Ahnung von dem, was Jungen und Mädchen in ihrem Alter miteinander wollten. Er war zu sehr mit sich selbst beschäftigt, lebte nur in seiner geschlossenen Welt. Er hatte nächtliche Ejakulationen, doch was da mit seinem Penis geschah, konnte er sich nicht erklären. Ja, er fühlte sich zum anderen Geschlecht hingezogen, aber er dachte, man sitzt zusammen und erzählt sich Geschichten, so wie er das auch mit den Klassenkameraden machte, die ihn besuchen kamen.

Dass Emilio selbst zu der Wohnung oder dem Haus eines Klassenkameraden fuhr, kam fast nie vor. Emilio hatte Angst vor fremden Orten; er hielt sich lieber an Orten auf, die er kannte, die ihm vertraut waren. Er ging auch nicht ins Kino, denn die Dunkelheit im Saal war ihm unheimlich. In seinem Zimmer hatte er nachts immer ein Licht brennen.

In den Sommermonaten hatte Emilio auf der Bank vor dem Haus seiner Eltern Muße zu beobachten, welche Kunden sein Vater in der Werkstatt empfing. Es war nicht so, dass Emilio sich für Autos interessiert hätte, aber er beobachtete ausgiebig die Gesichter der Menschen, die mit einem Autoproblem zu seinem Vater kamen. Emilio machte sich einen Spaß daraus zu schauen, welche Autobesitzer ein dickes Portemonnaie besaßen und selbstbewusst auftraten und wer hingegen kaum Geld hatte und fürchtete, die Autoreparatur könnte teuer werden. Emilios Vater wählte links, auch wenn er in keine Partei eingetreten war. Er forderte von den betuchteren Autobesitzern einen höheren Preis und nahm von den anderen weniger Geld. Er knöpfte den Reicheren jedoch nicht so viel mehr ab, damit sie weiterhin seine Kunden blieben.

Viele Autobesitzer wollen ihre Wagen vor dem Jahresurlaub überprüfen lassen. Deshalb laufen die Geschäfte in den letzten Wochen etwas besser, sagte Giovanni seiner Frau beim Abendessen, als auch Emilio mit am Tisch saß. Der Vater wandte sich an seinen Sohn, vielleicht fahren wir demnächst ein verlängertes Wochenende ans Meer deine Tante besuchen. Du musst ein bisschen die Welt sehen. Sonst wirst du keinen Erfolg haben im Leben. Emilio wusste nicht, was er dazu sagen sollte. Er hatte seine Tante nur ein oder zwei Mal gesehen. Er wusste nur, sie arbeitete während der Saison in Rimini. Dass Giovanni vorgeschlagen hatte, ihre Schwester zu besuchen, passte Carla nicht. Sie vermeinte jedoch an den Augen ihres Sohnes zu erkennen, er würde sich über ein paar Tage am Strand freuen. Emilio wiederum wollte nur seinen Vater nicht enttäuschen. Außerdem dachte er, seine Mutter würde sich freuen, ihre Schwester zu treffen, die sie jahrelang nicht gesehen hatte.

Zwei Wochen später fuhren sie nach Rimini. Die Heimatstadt von Federico Fellini war laut und voll wie immer zu dieser Jahreszeit. Der ganze Rummel gefiel Emilio nicht. Am letzten Abend gingen sie in das Restaurant, in dem Carlas Schwester arbeitete. Sie wollten sie überraschen und hatten ihren Besuch nicht angekündigt. Die Schwester kam nur einen kurzen Moment an ihren Tisch und gab vor, an diesem Abend besonders beschäftigt zu sein. Sie schien sich fast vor ihnen verstecken zu wollen und vor allem vor Emilio, was ihm merkwürdig vorkam. Und Emilios Mutter vermittelte den Eindruck, sie wisse, weswegen sich ihre Schwester vor ihm nahezu fürchtete. Als Emilio später in seinem Hotelbett lag und zur Decke starrte, verstand er, seine Mutter verbarg etwas Wichtiges vor ihm.

Zwei Monate später fing die Schule wieder an. Emilio freute sich das erste Mal ein wenig auf die Rückkehr in seine Klasse. Er bekam in diesem letzten Jahr einen neuen Banknachbarn. Mario war ein schöner, muskulös gebauter Junge im Gegensatz zum schmächtigen Emilio und entwickelte sich bald zum Klassenstreber. Er half Emilio oft, wenn dieser auf eine Frage eines Lehrers keine Antwort wusste. Man munkelte, Mario fühle sich zu Jungen hingezogen. Er war schüchtern, aber verdammt klug. In gewisser Weise bewunderte Emilio ihn und schaute zu ihm auf. Andererseits war er neidisch auf ihn, weil ihm das Lernen so leichtfiel, weil er so viel wusste.

Wenn die Lehrer in der Abiturklasse versuchten, den Schülern Wissen über die italienische Sprache, Geschichte, Geografie, Mathematik oder Biologie beizubringen, vermochte Emilio weiterhin kaum zuzuhören. In der Pause jedoch erzählte ihm Mario oft in kurzen Sätzen, was die Lehrerin oder der Lehrer in der Stunde gesagt hatte. Emilio konnte sich das von Mario Gesagte erstaunlich gut merken. Und er schrieb vieles davon in seine Heftchen, wobei er eine eigene Sprache, eigene Ausdrucksformen benutzte. Das Aufgeschriebene war meist ein bisschen verdreht oder verkürzt und spiegelte eher Emilios eigene Weltsicht wider, als dem zu entsprechen, was die Lehrer den Schülern einzutrichtern versuchten. Tatsache war, Emilios Noten wurden besser. Seine Mutter und seine Lehrer vermochten es kaum zu glauben.

Vielleicht lag seine verbesserte Leistung auch daran, Emilio hatte begonnen Literatur zu lesen und seine erste Prosageschichte zu schreiben. Zum ersten Mal zeigte er Interesse daran, was die Italienischlehrerin der Klasse erzählte. Emilio hatte den Eindruck, es öffne sich ihm eine neue Welt. Er war vorsichtig, noch misstraute er diesem Eindruck, aber jeder Tag, der verging, ließ die Mauer, die er all die Jahre um sich errichtet hatte, etwas brüchiger werden. Er duschte jetzt einmal die Woche und masturbierte dabei. Mario hatte ihm eines Tages einiges über Sex erklärt und dass das etwas ganz Normales sei. Auf der Schultoilette hatte er ihm gezeigt, wie er den Penis steif bekam und dass es, wenn man die Hand um den Penis schloss und diese immer wieder auf und ab bewegte, zu einem Orgasmus und dann zu einer Ejakulation komme. Emilio fand das alles verwirrend, aber er hatte nunmehr eine andere Wahrnehmung der Mädchen in der Klasse. Er ertappte sich manchmal dabei, ihnen in den Ausschnitt zu starren oder ihren straffen Hintern zu bewundern, wenn sie auf ihre Fahrräder stiegen. Dass er nicht mehr so roch, steigerte auch das Interesse der Mädchen an ihm. Er redete jetzt manchmal mit der hübschen Mariella. Sie gefiel ihm. Ihr war seine erste Prosageschichte gewidmet, d. h. er stellte sich vor, sie träfen sich nachts in einem Park, schauten den Sternenhimmel an und umarmten und küssten sich dann tatsächlich. Als dann ein Jäger in den Park kam, entdeckte er die beiden und hätte sie fast erschossen, wenn sie sich nicht in dem Moment in einen Löwen und eine Löwin verwandelt hätten. Vor Schrecken ließ der Jäger sein Gewehr fallen und der Löwe brüllte so laut, dass der Jäger erst nach hundert Kilometern wagte, sich umzudrehen, ob der Löwe immer noch hinter ihm her sei.

Emilio hatte Mariella diese Geschichte zu lesen gegeben. Als sie sie ausgelesen hatte, machte sie ein irritiertes Gesicht. Zu seiner eigenen Überraschung ließ sich Emilio von dieser Reaktion nicht entmutigen und schrieb die Geschichte neu, indem er den Teil über den Jäger und den Löwen wegließ. Jetzt gefiel Mariella die Geschichte. Daraufhin schrieb Emilio weitere Geschichten, die Mariella immer mehr begeisterten. Als sie jedoch vorschlug, er solle sie bei einem Verlag einreichen, erklärte er, diese Geschichten habe er nur für sie geschrieben und sie seien für niemand anderen bestimmt. Daraufhin gab sie ihm einen Kuss.

Nach zwei Monaten endete die Beziehung zu Mariella. Trotzdem teilte Emilio sein Leben nunmehr in eine Zeit vor dem ersten Kuss und eine Zeit nach dem ersten Kuss ein. Als er am Ende des Schuljahres sein Abiturzeugnis überreicht bekam, hatte selbst sein Vater Tränen in den Augen.

Nach dem Abitur schien alle Energie von Emilio abzufallen. Er lag wochenlang in seinem Bett, schrieb ein Heftchen nach dem anderen voll und machte keinerlei Anstalten, etwas für seine Zukunft tun zu wollen. Seine Mutter schlug vor, er solle einen Monat mit Interrail durch Europa fahren und sich die Welt oder zumindest Europa anschauen. Er wollte davon nichts wissen. In Wahrheit empfand er eine große Wut auf seine Mutter. Der Verdacht, sie verberge ihm etwas, ließ ihn nicht mehr los. Sie sei ihm eine Erklärung schuldig, fand er. Was wollte sie ihm nicht erzählen? Er war sicher, es hing mit ihm selbst zusammen. War sein Vater nicht sein Vater? Hatte seine Mutter eine Affäre mit einem anderen Mann gehabt und ihr Kind dann ihrem Ehemann untergeschoben?

Im Sommer 1982, als Emilio sein Abitur gemacht hatte, wurde seine Tante, als sie nach einem langen Arbeitstag im Restaurant mit ihrem Fahrrad nach Hause fuhr, von einem Lastwagen erfasst, dessen Fahrer nach rechts abbiegen wollte und sie übersehen hatte. Sie starb wenige Tage später im Krankenhaus. Nach der Beerdigung und nachdem Emilio und seine Eltern nach Hause zurückgekehrt waren, kam es zu einem großen Streit zwischen der Mutter und dem Vater. Emilios Eltern hatten sich bestimmt nie leidenschaftlich geliebt, doch sie waren miteinander ausgekommen. So einen Streit wie jetzt hatte Emilio bei ihnen noch nicht erlebt. Er lag in seinem Bett und hielt sich die Ohren zu, um das Brüllen seines Vaters und das verzweifelte Schluchzen seiner Mutter nicht hören zu müssen.

Wenige Tage später offenbarte ihm seine Mutter, nicht sie, sondern die verstorbene Tante sei seine Mutter und sein biologischer Vater ein deutscher Tourist, dessen Namen die Tante ihr nie verraten habe. In der Nacht zerriss Emilio seine gesamte Comicsammlung und packte all seine Heftchen in einen Koffer. Noch bevor der Morgen anbrach, klingelte er bei Mario, dessen Eltern auf Sizilien Urlaub machten, und fragte ihn, ob er ein paar Tage bei ihm übernachten könne.

4. Kapitel

In Wirklichkeit sehnte sich Emilio nach wenigen Tagen zurück nach seinem Elternhaus. Mario mochte klug und gebildet sein, aber die Pasta mit Tomatensoße, die er kochte, schmeckte grässlich. Nach einer Woche kamen Marios Eltern aus Sizilien zurück und wollten nichts davon wissen, dass Emilio bei ihnen wohne. Emilios Mutter hatte schon x-mal angerufen, aber Mario hatte ihr jedes Mal erklärt, er wisse nicht, wo ihr Sohn sei. Diesmal nahm Marios Vater den Hörer ab und schien sehr erleichtert, als er Emilios Mutter sagen konnte, sie könne ihren Sohn in einer halben Stunde abholen. Als Emilio seine Mutter erblickte, war er trotz allem betroffen, wie mitgenommen sie aussah. Sie hatte deutlich zugenommen und ihr Atem stank nach Zigarette. Sie hatte ihr ganzes Leben nicht geraucht. Emilio wusste nicht, ob er seine Mutter hassen oder ihr verzeihen sollte. Er entschied sich, er würde wieder bei ihnen einziehen, aber beide nur noch mit ihren Vornamen ansprechen.

Als Emilio den Koffer in seinem Zimmer abstellte, beschloss er zudem, seine Heftchen nicht wieder in das Regal zu stellen. Er wollte jederzeit bereit sein, wieder abzuhauen, wenn die Umstände es erforderten. Es war Hochsommer und Emilio hatte die Sommerhitze immer genossen. Jetzt herrschte in dem Haus eine Eiseskälte, als ob es eine Forschungsstation in der Antarktis sei, in der die Heizung ausgefallen war. Giovanni versuchte nett zu Emilio zu sein. Carla brachte kaum ein Wort hervor. Sie schien sich schuldig zu fühlen. Emilio wunderte es, wie sie dieses Gefühl all die Jahre so gut hatte verbergen können. Er selbst fühlte sich mit unvorstellbarer Gewalt aus seiner Kindheit herausgerissen und in eine Welt versetzt, die ihm vollkommen fremd war. Die ersten Tage bei Mario hatte er wie betäubt auf dem Bett gelegen und an die Decke gestarrt, als ob die Welt aufgehört hätte zu existieren. Er hatte keine Kraft gehabt, um zu weinen oder um Mario mehr als das Notwendigste zu erzählen, was ihm passiert war. Mario hatte sich an die Bettkante gesetzt und sein Schweigen respektiert. Das rechnete Emilio ihm hoch an.

Carla klopfte an seine Zimmertür und sagte mit leiser Stimme, das Abendessen sei fertig. Emilio hatte Hunger, aber die Pasta schmeckte wie Blei, wie vergiftet. Nach einigen Bissen sagte er, er habe genug gegessen. Er ging in sein Zimmer zurück. Er las in

seinen Heftchen. Sie kamen ihm belanglos vor, einer
Zeit angehörend, die nicht mehr existierte. Fast hätte
er auch die Heftchen zerrissen, aber etwas hielt ihn
davon ab. Wie um sich zu vergewissern, dass er noch
lebte, masturbierte er und schlief ein.

Es war noch dunkel, als er aufwachte. Die Morgen-
kühle, die durch das halboffene Fenster eindrang, tat
ihm gut. Er fühlte etwas Ähnliches wie Klarheit in
seinem Kopf. Er dachte nach, was er nun machen
sollte. Die Gemeinschaft, in der er bisher gelebt
hatte, war tot. Nichts in der Welt konnte sie wieder
zum Leben erwecken. Seine Heftchen mochten voller Banalitäten stecken und trotzdem gaben sie ihm
Kraft, Eigenständigkeit und Selbstvertrauen. All dieses Schreiben war nicht umsonst gewesen. Er wollte
auf die Universität gehen und Italianistik studieren.
Und Carla und Giovanni sollten ihm sein Studium
finanzieren. Das war das mindeste, was sie machen
mussten. Emilio wollte zum Ausdruck bringen, wie
er sich fühlte. Er wusste, das war nicht einfach; er
musste sich da hineinknien.

Beim Frühstück schwieg er. Später ging er zu
Giovanni in die Werkstatt und forderte Unterstützung für seine Pläne. Giovanni war erstaunt über
dieses neue Selbstbewusstsein in Emilios Stimme
und gleichzeitig erleichtert, dass er sich nicht wieder

in seine Höhle verkroch, sondern sein Leben selbst
in die Hand nahm.

Emilio brauchte sechs Jahre, um sein Studium abzuschließen. Anfangs kamen ihm die Gedanken und
Ausführungen der Professoren bei ihren Vorlesungen hochtrabend und abschreckend vor, als ob sie
überhaupt nichts mit der Realität zu tun hätten. Emilio dachte daran, was Giovanni ihm gesagt hatte,
die Reichen und Gebildeten würden ihre Häuser mit
lauter unnötigen Wörtern vollstopfen. Irgendwann
jedoch machte es bei Emilio Klick und er begann einen Sinn zu sehen hinter all diesem Wortgeschwafel,
das auf ihn niederprasselte. Wenn ein Professor ein
Gedicht erklärte, die vielen möglichen Bedeutungen
einzelner Wörter oder Verse erläuterte, schien sich
bei Emilio eine Tür in eine Welt zu öffnen, in der er
glücklich sein konnte. Er versuchte selbst, Gedichte
zu schreiben. Er merkte bald, er hatte kein Talent
dazu. Ihm lag es mehr, Geschichten mit immer
neuen Wendungen zu erzählen. Den Ausgangspunkt bildete meist sein eigenes Leben, doch er
fügte ständig neue Varianten hinzu, die seiner Fantasie entsprangen oder die er aus allen möglichen
Ecken zusammenklaubte. In seinem Studiengang
entstand eine Schreibgruppe, der sich Emilio anschloss. Man diskutierte stundenlang über einzelne
Sätze und Formulierungen, als ob davon die Welt
abhinge. Emilio fand enormen Spaß an diesen

Diskussionen und merkte zugleich, Literatur war alles andere als eine leichte Arbeit. Er schämte sich seiner ersten Geschichten, die er für seine Freundin Mariella geschrieben hatte und die ihm nun unfertig und primitiv erschienen. Er schrieb auch jetzt keine Meisterwerke. Seine neuen Geschichten kamen ihm immer noch schlicht und wenig kunstvoll vor. Immerhin konnte er das jetzt erkennen. Das bedeutete einen Fortschritt. Als er den Leiter der Schreibgruppe fragte, was er machen könne, um seinen Ausdruck zu verbessern, antwortete dieser ihm, er solle lesen, lesen, lesen. Er las Bassani, Pasolini, Morante, Ginzburg, Garcia Marquez, Roth und viele andere und vertiefte sich in einen verrückten Roman mit dem Titel *Horcynus Orca* von Stefano D'Arrigo. Der Roman über die sonderbare Reise eines Matrosen im Zweiten Weltkrieg zurück in seine sizilianische Heimat steckte voller Neologismen, die man erst entschlüsseln musste. Emilio quälte sich durch die ersten vierhundert Seiten und verstand nichts. Er wollte den Roman beiseitelegen. Etwas in ihm widerstrebte diesem Aufgeben. Was sollte er tun? Er grübelte, bis er beschloss, nochmal von vorne anzufangen. Zu seiner Überraschung fand er beim zweiten Lesen besser hinein. Bald merkte er, das Werk wurde von Seite zu Seite spannender. Der Kampf zwischen den Delfinen und dem Killerwal war an Aufregung nicht zu überbieten. Emilio konnte das Buch nicht mehr aus der Hand legen. Als die Geschichte, wie allerdings zu erwarten gewesen war, tragisch endete, musste er weinen. *Horcynus Orca* wurde zu seinem Lieblingsroman, den er immer wieder las. Seine Mitstudenten hielten ihn für etwas verrückt, da der Roman von Stefano D'Arrigo als unlesbar galt. Für Emilio war die tragische Reise dieses Matrosen wie ein Bild seines eigenen verworrenen Lebens.

Er fragte sich jetzt oft, wo seine Heimat sei. Bisher war das Haus von Giovanni und Carla sein Zuhause gewesen, sein emotionales Zuhause. Er wohnte noch immer dort, weil Giovanni ihm gesagt hatte, er und Carla könnten ihm keinen *postoletto*, keinen Bettplatz, in einer Wohngemeinschaft bezahlen. Dafür reiche ihr Geld nicht. Emilio hatte gemutmaßt, das sei ein Trick, damit vor allem Carla, die sich noch immer nicht erholt hatte, ihn noch eine Weile um sich habe. Die Beziehungen zu Giovanni und Carla waren nüchtern geblieben. Eine Mauer trennte Emilio von ihnen. Sie sprachen nichts Wesentliches mehr miteinander, tauschten keine Zärtlichkeiten oder freundliche Blicke aus. Nein, sein Zuhause war nicht mehr sein Zuhause. Vielleicht wurde die Literatur allmählich zu seiner neuen Heimat. In ihr fühlte er sich geborgen, ihr verdankte er es, dass er sich täglich ein Stück mehr aus seiner Höhle hinauswagte. In der Sommerpause, wenn an der

Universität keine Prüfungen stattfanden, reiste er
mit Mario und anderen Freunden durch Europa. Er
lernte Paris, Wien, Prag, Madrid und London kennen. Nur um Deutschland machte er einen Bogen.
Das Land seines biologischen Vaters war ihm unheimlich. Er hatte zwar einen Geschichtsstudenten
namens Mathias Felden kennen gelernt, der aus
Düsseldorf stammte, aber Mathias sprach so gut Italienisch und verhielt sich so sehr wie ein Italiener,
dass man nicht glauben mochte, er sei Deutscher.
Ganz stimmte das auch nicht, denn Mathias hatte
manchmal Eigenarten, die Emilio deutsch vorkamen, auch wenn er im Grunde keine Ahnung hatte,
was Deutschsein bedeutete. Mathias hatte einmal zu
ihm gesagt, er, Emilio, habe eine typisch deutsche
Haut. Die Bemerkung hatte Emilio verwirrt. Er hatte
niemandem außer Mario erzählt, dass sein biologischer Vater ein deutscher Tourist war. Er wollte einfach nicht an diesen Mann denken. Er war ein Alptraum für ihn. Manchmal träumte er von einem
blonden Riesen, der sein Vater sein musste und einen krebsroten Körper hatte, weil er die italienische
Sonne nicht vertrug. Dass er, Emilio, ein halber
Deutscher war, das konnte und durfte nicht sein. Er
hasste Carla dafür, ihm diese Wahrheit offenbart zu
haben. Einmal war er mit Mario zum Grab seiner
Mutter in Rimini gefahren. Er spürte keine Verbindung zu dieser Tante, wie er sie immer noch nannte.

Auch sie hatte ihn verraten, weil sie nie ein Wort über ihre Lippen gebracht hatte, sie sei seine Mutter. All diese Dinge rumorten in Emilio. Er schrieb viel in seine Heftchen. Das gab ihm Halt.

Im Sommer 1989 machte Emilio seinen Abschluss. Sein Freund Mathias hatte schon im Frühjahr seine *laurea* gemacht. In letzter Zeit war er komisch geworden und hatte sich dann ohne ein einziges Abschiedswort davongemacht. Emilio sah, wie erschüttert dessen Freundin Simona über diese plötzliche Abreise war. Näheres konnte Emilio nicht in Erfahrung bringen. Seine Freundschaft galt Mathias. Simona hatte er nur ein, zwei Mal gesehen.

Trotz aller nagenden Zweifel über seine Herkunft hatte sich Emilio in seinem Studium ein gutes Stück geöffnet. Das war ein enormer Fortschritt, auf den er stolz war. Er fühlte sich ruhiger als noch zu Schulzeiten und sah Kritik nicht mehr als Majestätsbeleidigung an, sondern konnte in Maßen mit ihr umgehen. Bei aller Textkritik, die in der Schreibgruppe geübt wurde, blieb der gegenseitige Respekt für die Leistungen des anderen immer wesentlich. Bei der Diskussion über seine *tesi di laurea*, die er über den Roman von Stefano D'Arrigo geschrieben hatte, zollte ihm der Professor Anerkennung für seine eleganten und originellen Formulierungen und wollte ihn dazu animieren, eine Doktorarbeit über dieses Buch zu schreiben. Emilio fühlte sich geschmeichelt.

Er hatte sich bisher kaum Gedanken gemacht, was er mit seinem Studium anfangen, welchen Beruf er ergreifen sollte. Er konnte Italienischlehrer werden, aber dazu verspürte er wenig Lust. Schriftsteller zu werden, traute er sich nicht zu, denn er hatte bisher nur Kurzgeschichten geschrieben. Einen Roman zu verfassen, dazu glaubte er sich nicht fähig.

Eines Tages sagte Carla Emilio, sie habe Krebs und werde nicht mehr lange zu leben haben. Sie umarmten sich. Es war ihre erste körperliche Berührung seit sechs Jahren. Carla wurde operiert und lag im Krankenhaus. Emilio besuchte sie. Er hielt ihre Hand, die kalt und müde war. Carla wollte etwas sagen, aber sie schien sich nicht zu trauen, als ob eine große Angst ihre Seele bedecke. Sie tat Emilio leid.

Wenige Monate nach ihrem Tod wurden Giovanni und Pasquale bei einem Einbruch in einer Industriellenvilla verhaftet. Der Staatsanwalt wies ihnen zahlreiche andere Einbrüche in den vergangenen zwanzig Jahren nach. Während Pasquale nur drei Jahre ins Gefängnis musste, wurde Giovanni als Anführer der Bande zu einer hohen Gefängnisstrafe verurteilt. Emilio wollte nicht länger in Bologna bleiben. Er zog zu einer Landgemeinschaft in den Marken und versuchte sich als Bauer, was er nach drei Monaten aufgab, nachdem seine Hände voller Blasen und Schürfwunden geworden waren. Emilio mietete eine Wohnung in Pescara, schlug sich mit Gelegenheitsarbeiten durch und nutzte seine freie Zeit, um eine längere Geschichte zu schreiben, die sich allmählich zu einem Roman entwickelte. Er benutzte zum ersten Mal einen Computer, den er sich noch in Bologna gekauft hatte. Er staunte über die Möglichkeiten dieser Geräte. Als er mit dem Fuß versehentlich das Stromkabel herausriss, wurde ein Großteil des Manuskripts gelöscht. Eine Sicherheitskopie hatte er nicht abgespeichert.

Emilio fand keine richtige Arbeit. Er übernahm Putzjobs und verdiente damit mehr schlecht als recht seinen Lebensunterhalt. Zur Jahrtausendwende fuhr er mit Mario das erste Mal nach Berlin. Die Stadt gefiel ihm. Er blieb und lernte überraschend schnell die deutsche Sprache. Er besuchte Mathias, der inzwischen in Köln lebte und seine Krise überwunden zu haben schien. Sie verstanden sich gut. Sie unterhielten sich teils auf Italienisch, teils auf Deutsch.

Giovanni war im Gefängnis gestorben. Emilio kehrte für seine Beerdigung nach Bologna zurück. Er suchte das Haus, in dem er großgeworden war. Man hatte es abgerissen.

Auf der Rückreise mit dem Zug nach Berlin las Emilio zum ersten Mal einen Roman auf Deutsch. Am Anfang musste er vieles in seinem Wörterbuch nachschlagen, aber langsam wurde es besser. Die deutsche Sprache gefiel Emilio. Er fühlte sich mit ihr verbunden. Manchmal schrieb er sogar einzelne deutsche Sätze in seine Hefte. Emilio arbeitete für eine Reinigungsfirma, die ihren Hauptsitz in Frankfurt hatte. Sein Chef rief ihn auf dem Handy an und teilte ihm mit, er solle in München nicht den Zug nach Berlin nehmen, sondern in einen ICE nach Frankfurt steigen. Eine Mitarbeiterin der Firma werde ihn am Bahnhof abholen. Wegen des Ausfalls eines Kollegen solle er probeweise für einige Zeit in Frankfurt eingesetzt werden. Wenn alles passe, werde er dauerhaft in die Mainmetropole versetzt und die Leitung einer Putzkolonne übernehmen. Emilio war nicht begeistert. Was sollte er in dieser kalten Bankenstadt?

Als er am frühen Abend in Frankfurt ankam, wartete die Mitarbeiterin seiner Firma am Gleis. Sie begleitete ihn zu einem Hotel und sagte, um sechs Uhr in der Früh werde man ihn abholen. Emilio hatte Hunger bekommen und aß eine Pizza bei einem Italiener. Sie lag ihm schwer im Magen. Er legte sich in das viel zu weiche Bett, hatte Bauchschmerzen und konnte nicht einschlafen. Er konnte seinem Ärger auch nicht schreibend Luft machen, weil das

Tagebuchheft, das er nach Bologna mitgenommen hatte, voll war. Er hatte keine Ahnung, wo er in dieser unbekannten Stadt um diese Uhrzeit ein Schreibheft bekommen könnte. Trotzdem stand er auf und machte sich auf die Suche nach einem Kiosk. In der Nähe des Bahnhofs wurde er fündig. Er kehrte ins Hotel zurück, setzte sich auf sein Bett und fing an zu schreiben. Um halb sechs klingelte der Wecker. Emilio legte das Heft beiseite, duschte, rasierte sich und zog sich an. Er packte seine Tasche, machte die Zimmertür hinter sich zu und fuhr mit dem Fahrstuhl ins Foyer, wo man ihn bereits erwartete. Draußen wurde es langsam hell.

Die Putzkolonne, zu der Emilio eingeteilt worden war, fuhr zu einem etwas heruntergekommenen Bürogebäude am Rande der Innenstadt. Als sie ankamen, schickte man Emilio in die fünfte Etage, die auch die Chefetage war. Er machte sich an die Arbeit. Da er in der Nacht nicht geschlafen hatte, war er unkonzentriert und schüttete zu viel Reinigungsmittel in seinen Putzeimer. Er bemerkte es erst, als er auf dem nassen Steinboden fast selbst ausgerutscht wäre. Er stellte noch ein zweites gelbes Warnschild auf und ging auf die Toilette, um den Putzeimer mit neuem Wasser zu füllen. Als er zurückkam, sah er einen alten Mann, der offenbar nicht mehr gut sah und das gelbe Warnschild ignoriert hatte. Noch bevor Emilio ihm zurufen konnte, er solle vorsichtig sein, rutschte dieser auf dem nassen Boden aus und schlug mit dem Hinterkopf auf. Es schien Emilio, als ob der Mann ihn kurz vor seinem Sturz noch wahrgenommen und ihn erstaunt, aber freudig angeblickt habe.

Sogar in der Frankfurter Allgemeinen Zeitung erschien ein Nachruf auf Erich Kleinfurt, der mit seiner Frau in der Nachkriegszeit einen wichtigen und lange unterschätzten Beitrag zum deutschen Wirtschaftswunder geleistet, aber in den letzten Jahren mit seinen inzwischen etwas verstaubt wirkenden Horoskop- und Rätselheftchen nicht den Sprung ins digitale Zeitalter geschafft habe. Dennoch habe das Ehepaar Kleinfurt auch mit seiner Literaturstiftung einen wichtigen Beitrag zur Entprovinzialisierung Deutschlands geleistet, selbst wenn die Stiftung vor einigen Jahren aus finanziellen Gründen aufgelöst worden sei. Die Frankfurter Allgemeine erinnerte auch an das bis zu diesem Tag nicht gelöste Rätsel der Entführung des kleinen Sohnes der Kleinfurts. Wer das Unternehmen weiterführen werde, sei unsicher, so die FAZ, denn auch die Ehefrau von Erich Kleinfurt sei schon in einem hohen Alter.

Bis die Untersuchungen zu dem Unglücksfall abgeschlossen waren, durfte Emilio die Stadt nicht verlassen. Er verbrachte ein paar Tage in einem billigen Hotel, als eine alte Frau an seine Tür klopfte. Er ließ sie herein. Sie umarmte ihn, brach in Tränen aus und wollte ihn nicht mehr loslassen. Emil, stammelte sie immer wieder.

Emilio machte sich schließlich aus der Umarmung frei und sagte auf Deutsch, ich heiße nicht Emil, ich heiße Emilio.

Du heißt Emil, Emil Kleinfurt, beharrte die alte Frau.

Das ist der Name des Mannes, der durch meine Unachtsamkeit ums Leben gekommen ist. Was habe ich mit ihm zu tun?

Er war dein Vater.

Emilio fühlte einen Kloß in seinem Hals. Er musste sich aufs Bett setzen.

Und wer sind Sie?

Ich heiße Maria Kleinfurt und bin deine Mutter.

Meine Mutter lebte in Rimini und ist schon lange tot.

Nein, ich bin deine Mutter und ich lebe.

Emilio war sehr verwirrt. Oder war es diese alte Frau, die verwirrt war? Aber wieso hatte man sie in sein Zimmer gelassen? Er schaute die Frau genauer an. Tatsächlich erkannte er in ihrem Gesicht Züge, die seinen ähnelten. Sprach diese Frau die Wahrheit? War sie seine Mutter?

Die Frau setzte sich zu ihm aufs Bett und zeigte ihm uralte Zeitungsausschnitte über eine Kindesentführung in seiner italienischen Heimatstadt. Die Frau sprach von einer Wahrsagerin in Heidelberg, deren Prophezeiungen sich alle bewahrheitet hätten. Die Frau redete, als ob sie in dieser Absteige die Last von Jahrzehnten loswerden müsse. Emilio wusste nicht, was er glauben sollte.

Die alte Frau nahm Emilio zu sich in ihre Villa. Es dauerte einige Zeit, bis er verstanden hatte, Carla war nicht nur nicht seine biologische Mutter gewesen, sondern sie hatte die ganze Geschichte von der Schwangerschaft ihrer Schwester von Anfang bis Ende erlogen. Als er das begriffen hatte, fühlte Emilio eine unermessliche Wut gegen Carla in sich aufsteigen, doch er war keine 20 mehr und begriff auf der anderen Seite, sie hatte ihn sehr geliebt und auch er hatte sie früher geliebt. Seine neue Mutter oder seine biologische Mutter kümmerte sich rührend um ihn. Sie schien keine Trauer zu empfinden wegen des Todes ihres Mannes, sondern einfach nur glücklich zu sein, ihren Sohn nach über 40 Jahren wiedergefunden zu haben.

Von dem Vermögen der Kleinfurts war nicht viel geblieben. Um Emilio – er hatte darauf bestanden,

seinen italienischen Vornamen zu behalten – eine
Freude zu bereiten, veröffentlichte seine Mutter all
seine Heftchen in einer zwanzigbändigen deutsch-
italienischen Luxusausgabe, die sie ein Vermögen
kostete. Niemand wollte zu dem Preis diese Tagebü-
cher erwerben. Maria musste Konkurs anmelden
und aus ihrer Frankfurter Villa ausziehen. Sie mietete eine kleine Wohnung im Berliner Stadtteil Lich-
tenrade, wo auch Emilio und seine schwangere
Freundin Ginevra wohnten.

Inhaltsverzeichnis